CW00786738

DU MÊME AUTEUR

Aux Éditions Gallimard

L'AMOUREUX MALGRÉ LUI, roman, 1989.

TOUT DOIT DISPARAÎTRE, roman, 1992.

GAIETÉ PARISIENNE, roman, 1996.

DRÔLE DE TEMPS, 1997.

LES MALENTENDUS

BENOÎT DUTEURTRE

LES MALENTENDUS

roman

GALLIMARD

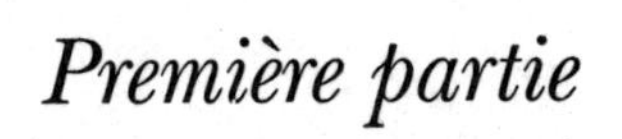
Première partie

1

Une passerelle pour piétons franchissait l'autoroute, à l'extrémité de l'avenue Pablo-Picasso. Ce mince ponton, jeté au-dessus de la circulation, reliait deux parties d'une ancienne Zone d'Urbanisation Prioritaire : la *cité de l'Avenir* (au nord) et la *cité des Saules* (au sud). L'ensemble de l'Avenir avait été rasé l'hiver précédent, en application d'un projet d'humanisation de l'habitat. Réunis dans un abri, une centaine d'élus, de représentants d'associations et de journalistes assistaient à l'explosion; le maire passait les ordres par téléphone. Les immenses barres de HLM avaient tremblé un instant avant de se disloquer dans un grondement de tonnerre, tandis que l'assemblée applaudissait la disparition du sinistre quartier glorieusement inauguré trente ans plus tôt. Aujourd'hui, des chapelets de lotissements pavillonnaires émergeaient autour du champ de ruines. De l'autre côté de la rocade A 93, la cité des Saules se dressait toujours fièrement; une douzaine de tours disposées en carrés lançaient dans le ciel leurs couleurs criardes : tour rose bonbon, tour vert pomme, tour bleu azur; taches de peinture étalées à grands jets sur une hauteur de vingt étages, depuis qu'une circulaire administrative recommandait d'égayer les banlieues.

Au milieu de la passerelle, Rachid admirait le coucher de soleil, irisé par les gaz d'une zone industrielle voisine. Il venait de fumer deux pétards avec les dealers du parc Éluard. Le ciel rouge dégoulinait entre les grandes tours des Saules comme une carte postale d'Amérique; aux balcons s'accrochaient les innombrables vasques blanches des antennes paraboliques. Appuyé sur la rambarde, Rachid observait les automobiles qui fonçaient sous ses pieds vers la province. Les carrosseries miroitaient dans les dernières lueurs du jour et il songeait : « Je suis en France, à quelques kilomètres de Paris; des voitures filent sur l'autoroute. Je me tiens entre ciel et terre, au cœur d'une cité géante. Il me reste un bout à fumer. Maintenant, il faut que je retrouve mon cousin... »

Dans le brouillard des joints, Rachid restait immobile, bercé par les moteurs de bagnoles qui se succédaient quelques mètres plus bas; il releva la tête, éclaté par les transformations du soleil sur les parois des tours. Les idées se mélangeaient dans sa tête. Il ne savait plus exactement où il se rendait — sauf cette obsession qui revenait, chaque fois que l'excitation du hasch retombait : « trouver Karim ».

Respirant fort, Rachid fit affluer dans son cerveau un reste de substance active et il changea complètement d'idée. Seul dans l'air frais sur la passerelle, il commença à rouler des épaules puis agita ses poings dans le vide, en se rappelant qu'il devait s'inscrire à la salle de boxe. Un copain lui avait présenté le patron d'un club, à Aubervilliers, où il pourrait travailler la musculation avant de devenir champion — catégorie poids légers… « Il faudra que tu arrêtes de fumer », avait sermonné son pote qui, lui, prenait de l'héroïne. « Question de réflexes.

— Le jour où j'apprends la boxe, j'arrête tout ! » avait promis Rachid.

Le ciel devenait violet. L'avenir semblait radieux. Soudain, l'esprit de Rachid s'obscurcit à nouveau et il songea qu'il faudrait d'abord payer le club de boxe, qu'il n'avait pas d'argent, pas de boulot, pas de carte de séjour. Cherchant une bouée dans ce brusque naufrage, il se rappela : « Les blue-jeans… »

Un Tunisien, rencontré dans un café près des Champs-Élysées, lui proposait d'acheter — pour cinq mille francs — un stock de jeans démarqués et de les revendre dix mille. Évidemment, le Tunisien n'avait pas d'argent ; Rachid devait trouver la mise de départ. N'ayant jamais possédé cinq mille francs, il tenta d'énumérer les amis qui pourraient les lui prêter. La nuit tombait. Il commençait à faire froid. Le brouillard envahissait de nouveau son esprit.

« Où est mon cousin ? Sûrement chez lui. Je vais sonner. Son père va gueuler. Tant pis... »

Rachid dévala la seconde partie de la passerelle, en direction de la cité des Saules. Il avait l'impression de rebondir sur un tapis d'air. Un escalier en colimaçon redescendait vers l'esplanade ; les marches filaient sous ses pieds. Il songeait aux cinq mille francs quand il aperçut, un peu plus bas, une femme qui montait l'escalier en sens inverse. Une vieille Française, chargée de sacs en plastique. Arrêtée au milieu de l'escalier, elle reprenait sa respiration. Rachid s'immobilisa au-dessus d'elle. Emmitouflée comme une clocharde dans un manteau usé, la femme marmonnait des paroles inintelligibles. Elle dressa vers le jeune homme un œil méfiant. Il pensait aux jeans, à la salle de sport, aux papiers. Cette radieuse perspective lui donnait envie d'accomplir un geste généreux. Il demanda :

« Je peux vous aider à porter vos sacs ? »

La vieille le regardait sans le voir. Silencieuse, elle agitait les lèvres comme si elle ressassait une idée fixe. Enfin, elle posa ses paquets et répondit :

« C'est ça, aide-moi donc... Je vais à la station de bus ! »

Rachid esquissa un sourire. Il saisit les sacs et monta l'escalier devant la bonne femme. Elle gravissait les marches une à une, soufflait lentement et poursuivait son monologue à mi-voix. Arrivée sur la passerelle, entre les Saules, l'autoroute, les restes de l'Avenir et la zone industrielle, elle s'arrêta de nouveau et parla au garçon :

« Regarde un peu, là-bas, ces champs, ces forêts. Tout cela était à moi. J'étais riche, très très riche... Et puis tous ces Arabes sont arrivés ! »

« Elle délire », songea Rachid, tandis qu'elle poursuivait :

« Toi, tu es un bon petit gars, un bon Français. Mais qu'est-ce que je vais faire de tous ces négros qui sont installés chez moi ? Ils m'ont pris ma maison, ils m'ont pris mon argent. Ils m'ont tout pris, tout ! »

Elle reprit sa marche en répétant comme une dingue :

« Ah, s'il n'y avait que des bons petits Français comme toi ! »

Rachid n'osait pas la contredire. Il s'efforçait de l'encourager, sans dissimuler son accent nord-africain :

« C'est vrai, madame. Ne vous inquiétez pas. »

Au milieu de la passerelle, il tenta d'attirer son attention sur le coucher de soleil. La vieille jeta un œil méprisant vers l'autoroute, où les voitures filaient. Elle reprit :

« Sous le pont coulait une rivière, où l'on venait le dimanche pêcher la truite. J'étais riche, très riche. Et puis, un jour, les bulldozers sont arrivés, avec tous ces Arabes qui ont commencé à construire des tours. Et une fois construites, ils se sont installés dedans ! »

Rachid demanda à la vieille où elle habitait...

Là-bas, dans un lotissement, derrière les ruines de l'Avenir. Elle visitait parfois une autre dame qui résidait aux Saules. Elle reprenait le bus au parc Éluard. L'autre dame prétendait qu'elle était imprudente de traverser la cité toute seule ; elle se retourna vers Rachid :

« Moi, j'ai pas peur des Bicots. Je sais que je trouverai toujours un bon petit chrétien comme toi pour m'aider. D'ailleurs, je vais te donner une pièce. »

Elle sortit lentement son porte-monnaie. Le garçon s'indigna :

« Madame, je fais pas ça pour l'argent !

— Ta ta ta ! Je sais ce que c'est à ton âge. Il faut bien te payer un petit coup, de temps en temps ! »

Elle tendit à Rachid quelques pièces de monnaie. Elle le regardait, absente, comme si son esprit planait très loin. Rachid se croyait plus lucide, mais il ne renvoyait à la vieille que ses yeux rouges pleins de hasch.

Ils arrivèrent auprès de la station d'autobus. Sur le banc, un adolescent au crâne rasé, chaussé de rangers, attendait le bus. Genre skinhead. Comme Rachid approchait avec la vieille dame, il tourna vers eux un regard suspicieux de défenseur de la race blanche. Ses traits se crispèrent. Il sembla retenir un élan pour défendre la vieille et faire fuir l'Arabe. Mais la femme s'accrochait au bras de Rachid. Serrée contre le Maghrébin, elle lui parlait à l'oreille, tout en désignant le skinhead :

« Encore un Arabe ! Méfie-toi, ce sont tous des voleurs. Ne leur fais jamais confiance… »

Elle ajouta, assez distinctement pour que l'autre entende :

« Espèce de racaille ! »

Désarmé par l'insulte, le skinhead resta immobile sur son banc. Le bus approchait au loin. La femme embrassa Rachid, qui l'aida à grimper dans le véhicule. Elle répéta une dernière fois :

« Les champs, les rivières… Tout était à moi. »

Le bus s'éloigna.

Rachid retourna vers la passerelle et grimpa de nouveau les marches, égayé par cette vieille folle. Le soleil avait presque disparu. Des voitures se précipitaient vers Paris. Il se dirigea vers la cité des Saules, traversa l'esplanade jonchée de papiers gras qui conduisait à la tour Garcia-Lorca. Au milieu d'un terrain vague gisait une voiture désossée.

En arrivant de Paris tout à l'heure, par le RER, Rachid s'était rendu au parc Paul-Éluard où son cousin dealait, chaque jour, quelques doses de liberté. Karim n'y était pas. Rachid redoutait de sonner chez lui car le père de Karim — ouvrier chez Renault — se fâchait toujours pour ces histoires de trafic, d'argent, de bruit. Il ne supportait pas de voir son fils traîner ; il l'obligeait à payer ses repas ou le mettait carrément à la porte.

Approchant de la tour, Rachid reconnut soudain, dans la pénombre, la casquette de son cousin aux initiales de New York. Assis sur un muret en bordure du parking, il discutait avec un copain, Khaled, un grand con musclé qui portait toujours un bonnet sur la tête. Karim redressa sa tête de gamin balafré. Il leva le bras et cria :

« Tu viens avec nous, Rachid ? On va faire un tour à Paris ! »

2

Les phares perçaient la nuit comme des yeux affolés. Les moteurs mugissaient, les carrosseries se cabraient au rythme des feux rouges puis repartaient au galop. Un camion frigo piaffait derrière un troupeau d'autocars, accomplissant au pas de charge la visite nocturne de Paris. Un couple de *Méganes* poursuivait une bande de *Clios.* Les bestiaux à pistons déferlaient, pétaradaient, lâchaient derrière eux des jets de gaz d'échappement. Dominant l'autoroute urbaine, le vieux dôme de l'Institut de France brillait sous l'éclairage de puissants projecteurs. Le bâtiment du XVIIe siècle venait de subir un récurage intensif. Décrassé du noir des ans, lavé de sa croûte sale à coups de carsher, il émergeait de la circulation et posait sur la ville bruyante le sourire plus blanc qui accueillait l'an 2000. Au passage de chaque véhicule de tourisme, cent têtes d'Allemands ou de Japonais se levaient vers le dôme en écoutant l'explication des guides : « Dans ce palais, depuis près de deux siècles, quelques vieux écrivains armés d'épées et coiffés de bicornes débattent de la réforme du dictionnaire. On les appelle *les Immortels*. L'Académie française est l'une des plus prestigieuses institutions du pays. » Un sourire moderne se répandait parmi les touristes.

Indifférent à l'illumination des monuments historiques, un jeune homme marchait sur le trottoir, entre le flux des véhicules et le quai de la Seine. Assourdi par le grondement des moteurs, il longeait d'un pas rapide les échoppes de bouquinistes refermées dans la nuit. Il dévala un petit escalier qui descendait vers le fleuve. Pour éviter les encombrements du quartier Saint-Michel, Martin empruntait souvent ce chemin calme au bord de l'eau. Il sauta les trois dernières marches et atterrit sur la berge déserte. Le grondement de la circulation disparut ; la Seine roulait sa masse lourde et boueuse. Au loin, sur l'autre rive, des véhicules jaillissaient d'un souterrain et suivaient la voie rapide. Les phares scintillaient sur la surface du fleuve. Martin jubilait dans la douceur de ce mois de janvier : vêtu d'un costume et d'une cravate à moitié dénouée, il remontait le fil de l'eau en direction du Pont-Neuf.

Tignasse noire frisée, lunettes rondes d'intellectuel, Martin tenait dans sa main gauche une chemise en carton contenant divers documents de travail, tapés sur son PowerBook. Il chantonnait d'une voix forte : « J'ai gagné ! J'AI GAGNÉ ! » Seul sur la berge, il inventoriait les bienfaits qu'il venait de conquérir, au cours d'une conversation brillante. Il imaginait son premier passage à la télévision, puis les admiratrices qui lui téléphoneraient. Sa victoire se traduisait par une sensation de plénitude, une intense harmonie physique et mentale. Martin récapitulait le dîner qui venait de s'achever ; il répétait ses meilleures répliques et se faisait rire lui-même. Plongeant la main droite dans sa veste, il saisit un paquet de cigarettes, extirpa un reste de joint. Il coinça le dossier sous son bras, alluma le mégot, aspira quelques bouffées de marijuana. Et l'idée qu'il fumait de l'herbe, *juste après cette rencontre avec un responsable politique*, déclencha dans son cerveau une nouvelle décharge de satisfaction. Martin se redressa, rayonnant comme une femme enceinte. Il longea la péniche rouge de la brigade fluviale des pompiers, accrochée au quai sous les marronniers. Des lumières veillaient à l'intérieur ; il était onze heures et demie du soir.

En dernière année d'études à Sciences-po, promis à une brillante carrière administrative, Martin, vingt-trois ans, avait créé quelques mois plus tôt — avec plusieurs amis — un groupe de travail sur le droit des immigrés. Aidés par certains professeurs, tolérés par la direction de l'école, ils organisaient dans les locaux de la rue Saint-Guillaume des débats en compagnie de travailleurs sociaux, juristes, représentants d'associations de sans-papiers. Fort d'une éducation de gauche, dégoûté par les slogans politiques racistes, Martin rédigeait un bulletin synthétisant les discussions, ouvrant des pistes de réflexion. Il avait constitué un fichier afin de diffuser ces travaux. Les succès s'accumulaient, depuis la parution du manifeste « Pour une immigration heureuse », publié par les étudiants en demi-page d'un grand quotidien. Quelques jours plus tard, un conseiller de la Cour des comptes, influent dans les hautes sphères du parti socialiste, téléphonait à Martin pour le féliciter et l'invitait à dîner dans une célèbre brasserie de Saint-Germain-des-Prés.

Ce soir même, à l'heure prévue — avec cinq minutes de retard de politesse —, Martin poussait la porte à tambour de l'établissement Lipp. À l'intérieur, une rangée de maîtres d'hôtel se dressait, tel un barrage douanier. Ayant prononcé le nom de son hôte, l'étudiant vit les visages sévères se transformer en sourires protecteurs. Première victoire (quelques mois plus tôt, comme il s'aventurait chez Lipp avec un copain, le même barrage les avait fait attendre trois quarts d'heure avant de les conduire dans un recoin bruyant, à l'étage). Entraîné vers le carré des privilégiés, Martin reconnut un visage de ministre puis un acteur célèbre, avant d'arriver à la table où un crâne chauve l'attendait en lisant *Le Monde*. La tête se dressa, la peau se plissa dans un sourire de lézard, l'homme invita l'étudiant à s'asseoir. Une bouche prévenante se mit en mouvement pour exprimer divers compliments, quelques questions personnelles et enfin cette demande, sur un ton sérieux teinté d'ironie : « Alors, que conseillez-vous aux socialistes, quand ils reviendront aux affaires ? » Martin exultait. Cet homme agissait comme un chasseur de têtes. Flatté d'être choisi, l'étudiant parla pendant une heure. Tout en dévorant le tartare de saumon, il déclina sa critique d'une gauche sans projet, reconvertie dans l'ultra-libéralisme. Attaquant le filet de bœuf, il esquissa une refonte de la législation de l'immigration, privilégiant l'accueil, l'ouverture, le droit d'asile. Lorsque, enfin, le crâne chauve, entre fromage et dessert, lui demanda s'il serait d'accord pour rédiger une « note », Martin vit s'entrouvrir les portes du pouvoir. Rendez-vous fut pris pour le mois suivant.

Il rentrait chez lui dans cet état euphorique, renforcé par les bouffées de cannabis. Approchant du Pont-Neuf, il contempla l'arche récemment rénovée : des copies de diablotins en pierre blanche avaient remplacé les vieux gnomes noircis, rongés par les ans ; l'eau ne suintait plus sous la voûte depuis les travaux de réfection. Débouchant de l'autre côté du pont, Martin découvrit sans plaisir, au-dessus de la Seine, la forteresse de la police judiciaire — symbole de répression au cœur même de Paris.

Il rêvait d'un monde meilleur, se nommait conseiller du ministre des Affaires sociales. Tournant la tête, il aperçut, à une centaine de mètres, plusieurs silhouettes qui venaient à sa rencontre dans la pénombre. Il n'y prêta aucune attention.

Soudain, un signal d'alarme intérieur se déclencha et il braqua de nouveau son regard. Face à lui approchaient trois adolescents enfoncés dans des anoraks, chaussés de tennis, portant bonnets et casquettes, tels des rappers du Bronx — et Martin reconnut ce pas nonchalant. À quelques éclats de voix, ses oreilles identifièrent l'*accent des cités* : trois banlieusards en virée nocturne dans Paris. L'étudiant détestait ce genre d'impromptu. Malgré sa sympathie foncière pour les Beurs, malgré son aptitude à fraterniser dans le cadre d'une réflexion sociale, il manquait de sens du terrain et s'affolait facilement devant les voyous. Son costume-cravate lui parut soudain déplacé. Il pouvait encore faire demi-tour et remonter sur le quai par le premier escalier. Mais en changeant de chemin, il montrerait sa peur. Cherchant à vaincre une angoisse irrationnelle, il préféra marcher droit devant lui, après avoir levé l'œil vers la préfecture, où la vue des fourgons de police le rassura.

Le groupe avançait dans la nuit. Des bribes de phrases résonnaient au-dessus du fleuve. Martin crut reconnaître le mot « keuf » (flic) et d'autres expressions familières (le matin même, il avait commandé à Marie-Édith, une copine de Sciences-po, un article linguistique sur le *parler beur)*; mais, à cet instant précis, l'accent des périphéries urbaines l'affolait comme un hululement de rapace nocturne. Un silence lourd retomba. Martin marchait comme un automate. Il sentait des regards fixés sur lui, mais il suivait des yeux une ligne au bord de l'eau. Aussi faussement détendu que possible, serrant le dossier sous son bras, la tête ni trop haute ni trop basse, il pensait avoir enfin franchi la menace quand une voix susurra à son oreille droite :

« Hé, t'as une cigarette, s'te plaît ? »

Une contrainte liée à son éducation obligea Martin à répondre. Toute esquive serait vaine sur cette berge étroite et déserte. Adoptant un ton plein de politesse et d'appréhension, il s'arrêta en bafouillant : « Certainement. » Il sentait autour de lui des respirations avides et chaudes. Sans oser regarder les corps immobiles, il sortit de sa poche un paquet de Marlboro et le tendit devant lui. Mais dans son geste mal assuré, il laissa tomber le dossier coincé sous son bras. Les feuilles du texte sur le droit des immigrés s'éparpillèrent sur les pavés. Catastrophé, Martin s'agenouilla pour les ramasser ; il sentit qu'une main lui arrachait le paquet de cigarettes. Il releva piteusement le visage et découvrit trois paires d'yeux braqués sur lui ; trois jeunes loubards qui l'encerclaient et lui barraient le chemin.

« Tu veux du shit ? » demanda une voix encore hésitante.

Il pouvait faire semblant de négocier une barrette, mais cela l'obligerait à sortir son argent — or il était passé tout à l'heure au distributeur prendre neuf cents francs. Dans un sourire forcé, Martin répondit « non merci ». Il se releva, espérant que l'épisode finirait là. Mais ses gestes, ce soir, ne fonctionnaient pas ; chaque mouvement d'esquive semblait l'enfermer davantage. Comme il allait reprendre son chemin, l'un des trois Beurs — un grand baraqué coiffé d'un bonnet de laine — se colla contre lui et le foudroya d'un regard noir. Les yeux dans ses yeux, il plongea une main dans la veste de Martin d'où il sortit un Kleenex usagé, quarante francs en pièces de monnaie, une carte de téléphone. L'indifférence avec laquelle ce garçon se servait épouvanta l'étudiant ; il se vit comme un corps soumis au bourreau ; dans sa conscience apparut ce mot banal, cette angoisse du citoyen, ce cauchemar devenu réalité : une *agression* ! Mais pire encore que l'agression, un mot grinçant résonnait dans ses oreilles : *un malentendu.* Incapable de réagir, il serrait sous son bras les pages du texte antiraciste dont il aurait voulu lire quelques paragraphes à ses agresseurs pour interrompre cette scène absurde. Comment leur faire entendre sa conversation avec l'émissaire du PS, tout à l'heure, lorsqu'il parlait du rôle central des immigrés de la seconde génération dans la société future ? Martin n'en doutait pas : ces gars le remercieraient, *s'ils savaient.* Mais de telles explications paraissaient déplacées dans l'instant, il ne trouvait pas l'énergie pour se lancer, il supposait que sa cravate compliquait la situation. Cherchant à vaincre les trois garçons par une phrase intelligente, il bredouilla quatre mots aberrants qui finirent par tomber hors de sa bouche :

« Soyez cools, les keums... »

Dans un effort de fraternisation, Martin avait dit « les keums » — une inversion qui signifie « les mecs » en version banlieue. Ce signe de complicité ne produisit aucun effet. Des gestes brutaux le poussaient vers le mur de pierre. Trébuchant sur les pavés de la berge, il cherchait du regard une issue, une aide. Les autos mugissaient plus haut, sur la chaussée. Au loin, de l'autre côté de l'eau, des policiers montaient la garde mais ils n'entendaient rien, ne voyaient rien. Une seule parade : hurler. Mais comment pousser cette plainte de bête menacée et se désigner soi-même comme victime d'un fait divers? Martin se rappelait ses propres phrases prononcées, tout à l'heure, après l'arrivée des profiteroles au chocolat : « On ne résoudra rien en appelant *au secours*, si l'on est incapable de trouver le langage pour parler ensemble... » Il cherchait des paroles de conciliation, tandis que les adolescents le serraient en échangeant des propos rapides :

« On fait cinq-cinq?

— OK : cinq-cinq... »

Ils négociaient le cours de son veston sur le marché noir. Suffoquant, adossé au mur, Martin considérait ces trois gueules face à lui. Au centre, un gamin nerveux — quinze, seize ans, pas davantage —, la joue rayée par une balafre, sous une casquette portant les initiales de New York; à sa gauche, le grand brutal coiffé d'un bonnet ; à sa droite, un visage plus mûr d'une vingtaine d'années, la moustache naissante, les cheveux bien coiffés, les yeux rouges pleins de hasch. Martin trouvait celui-ci presque rassurant. Mais, comme il l'implorait du regard, l'autre tendit un bras solide pour le plaquer contre le mur. Les lunettes de Martin sautèrent sur son nez et retombèrent de travers. Affolé, il considérait devant lui ces trois têtes tendues par une expression sérieuse, qui répétaient en chœur :

« Ton fric ou on te défonce la gueule !

— Ton blé !

— Ou on te massacre ! »

Bizarrement, la répétition lancinante des menaces atténuait la dureté du propos. L'agression semblait improvisée, presque hésitante. L'occasion s'était présentée, au hasard d'une balade dans Paris. À présent, les trois garçons semblaient mesurer leurs forces dans un concours de virilité. Le petit à la casquette avançait le poing sous son pull, comme s'il tenait un couteau. Martin voyait bien qu'il n'avait pas de couteau, mais tous trois s'encourageaient mutuellement, s'appliquaient à jouer méchamment leur rôle. Tandis que l'étudiant répétait son couplet — « Soyez cools les keums » —, les loubards reprenaient en fulminant :

« On t'éclate si tu donnes pas ton fric ! »

Comme pour confirmer cette promesse, le

grand brutal finit par lui balancer un coup d'avant-bras dans le ventre. Martin suffoqua :

« OK, je vous donne mon argent. Et après, vous me laissez tranquille... »

Ils demeuraient silencieux, les poings toujours tendus, les yeux qui répétaient « donne ton fric ou on te massacre ». L'étudiant plongea la main dans la poche arrière de son pantalon ; il sortit la liasse de billets de cent francs retirée au distributeur. Pressé d'éviter le cassage de gueule, il tendit en vrac les coupures. Le petit balafré les saisit en écarquillant les yeux. Martin savait qu'il donnait *trop* mais comment réclamer la monnaie ? Déjà l'argent agissait : les poings tendus retombaient, l'étreinte se ramollissait. L'étudiant à Sciences-po put soudain se dégager et se précipiter jusqu'à la rampe qui remontait vers la chaussée. Il allait à grands pas, sans vraiment courir, toujours pour éviter l'affolement grotesque des victimes. Derrière lui, les Beurs recomptaient les billets. Quelques mètres plus haut, Martin apercevait les voitures, la sécurité, la liberté. En contrebas, le gamin tendait la liasse vers les autres en s'écriant :

« Eh, neuf cents ! Y a neuf cents ! »

Tout cela n'avait duré que deux ou trois minutes.

Arrivé sur la chaussée, Martin regarda de nouveau les trois garçons qui jubilaient, au pied de la rampe. Il souffrait de ne pas leur avoir parlé. D'une démarche balancée, les copains repartaient tranquillement vers le Pont-Neuf; ils savaient que

Martin ne les dénoncerait pas. Au moment de disparaître sous l'arche, le plus petit se retourna pour le saluer d'un geste moqueur. Soulagé d'avoir échappé aux coups de poing, l'étudiant rageait seulement d'avoir donné *trop*. Puis il se répétait que sa générosité avait facilité l'évasion, qu'il avait évité les coups, sauvé sa montre, sa veste, ses papiers, sa carte de crédit. Il respirait profondément, envahi par un amour frustré, observant au loin ces frères qui avaient triomphé de sa faiblesse. Il s'accusait de n'avoir pas trouvé une phrase intelligente, du genre : « Écoutez, mes amis, je suis de gauche, je me bats pour les droits des immigrés. Je voudrais discuter avec vous. »

Ils auraient fraternisé, fumé un joint.

Le groupe avait disparu sous le Pont-Neuf et Martin avait envie de hurler de toutes ses forces : « Mes potes ! Je suis antiraciste ! Nous sommes faits pour nous entendre ; tout cela est un malentendu ! » Pendant quelques secondes, il envisagea de les rattraper, de courir derrière eux, de leur expliquer qu'ils étaient du même bord, qu'il détestait la police, que la condition sociale ne devait pas être une barrière, que l'argent faussait les rapports humains, qu'ils avaient raison de se défendre par la violence, contre la violence capitaliste. Il voulait faire la fête, leur payer des coups. Mais il sentait bien qu'une telle réaction lui attirerait de nouveaux ennuis. D'ailleurs, le groupe était déjà loin et Martin reprit tristement son chemin parmi les voitures.

3

« La personne handicapée n'accepte plus d'être montrée du doigt. De quoi est-elle coupable ? Elle demande simplement d'exister comme tout le monde, d'avoir une vie de famille, une sexualité, de faire du sport, d'accéder aux lieux publics. Depuis dix ans, la communauté prend conscience de ses droits ; une nouvelle génération refuse l'exclusion ; l'intégration de la population en fauteuil compte parmi les indicateurs de développement d'un pays moderne. En l'an 2000, on sera tétraplégique ou paraplégique comme on a les yeux bleus ou verts, comme on est noir ou blanc. Nous avons tous un frère, un oncle, un ami handicapé qui vit près de nous, comme nous. Tous, nous risquons quotidiennement l'accident, la paralysie à vie. Bien sûr, je ne le souhaite à personne, et pourtant… Ai-je le droit de définir un "corps normal" comme supérieur à celui de mon oncle ou de mon ami ? Doit-on parler d'"accident", ou même de "risque", pour désigner une forme d'existence tellement répandue au temps de l'automobile ?

Nous avons banni l'affreuse notion d'"infirme". Ne faudrait-il pas remplacer "personne handicapée" par quelque chose de plus neutre ? Un terme concret, sans connotation humiliante : "individu à traction mécanique" par exemple ? Mais par pitié, ne parlons plus de "déficience" pour qualifier des millions d'hommes et de femmes, simplement parce qu'ils se déplacent à l'aide d'un véhicule toujours plus perfectionné, comme d'autres se déplacent avec des jambes, incapables du moindre perfectionnement ! Au XXIe siècle, le handicapé fera partie de la nature comme l'arbre et la fleur, comme le grand blond ou le petit maigre. Il aura sa place partout, avec tous les autres, dans chaque parcelle de la société civile. OK ? »

Cécile observa les deux jeunes gens assis sur le canapé. Ils prenaient méthodiquement des notes. Elle conclut :

« J'arrête là mon topo. Planchez dans cet esprit : "un nouveau fauteuil roulant pour un homme nouveau dans une nature nouvelle". Trouvez-moi un visuel qui montre le handicapé comme cette fleur parmi les fleurs du troisième millénaire. Quelque chose de frais, de sympa... »

Les deux apprentis publicitaires relevèrent vers Cécile leurs visages ahuris, fraîchement sortis de l'école de communication. Le garçon (le *créatif*) portait un foulard autour du cou ; sa complice (la *commerciale*) semblait une fille un peu coincée, encore mal à l'aise dans ce genre de *brainstorming*.

Ils ne débordaient pas de personnalité, mais Cécile — en tant que jeune chef d'entreprise — aimait donner une chance aux équipes débutantes. Soudain, elle dirigea son regard vers la pendule *design,* discrètement posée sur une console. Stoppant net la conversation, elle raccompagna les deux publicitaires vers la porte, en assurant qu'elle attendait leurs propositions.

La secrétaire tendit à Cécile une liste de messages téléphoniques accumulés pendant le rendez-vous : 17 h 15, Jack Lelièvre, au sujet des jeux sportifs paralympiques. 17 h 28, Martin, urgent. 17 h 35, la société Revivre, pour la réunion sur les matériels de toilette... La jeune femme retourna s'asseoir à son bureau. Un mètre soixante-quinze, elle portait une jupe courte d'où fusaient ses longues jambes lissées par des bas; sa poitrine sculptait une veste beige noyée sous une ample chevelure châtain clair de businesswoman. À trente ans, directrice commerciale de la société Handilove, Cécile incarnait la guerrière moderne, efficace et souriante. La progression de son chiffre d'affaires suscitait l'admiration dans les cercles professionnels du matériel pour handicapés.

Elle rappela d'abord Jack Lelièvre, entraîneur de l'équipe de France de course en fauteuil, qui lui demandait de parrainer son écurie, lors des prochains jeux paralympiques de Sidney. Un investissement prometteur : bon retour d'image dans la population cible — à condition d'obtenir une forte visibilité d'Handilove sur les fauteuils sportifs, les casquettes, les tee-shirts, *et surtout une bonne valorisation dans les spots TV.* Autant de conditions à négocier en fonction de l'investissement. Décidée à soumettre le projet au conseil d'administration, Cécile demanda à Lelièvre de lui fournir :

1) Une liste des supports visuels.

2) Le détail des accords médias.

3) Un projet de convention entre les sportifs et Handilove.

Elle regarda le message suivant avec un brin d'agacement : URGENT. Pourquoi Martin précisait-il « urgent » ? Cécile glissa une main sous sa chemise et redressa sa bretelle de soutien-gorge.

Un mois plus tôt, dans une banlieue chic, lors d'une soirée organisée par Laure (une amie de promo à l'école de commerce), le jeune Martin — cousin de Laure — avait abordé Cécile avec sa désinvolture de futur énarque. Il cherchait une voiture pour regagner Paris; il disait s'ennuyer mais, après quelques minutes, Cécile avait compris qu'il la draguait. Elle entama avec lui une série de rocks, flattée par les attentions de cet étudiant de très bonne famille (malgré son apparente arrogance, elle souffrait d'être la fille d'un droguiste de Valenciennes).

Cécile dansait un slow dans les bras de Martin. Elle rêvait d'un mariage chic. Du matin au soir, elle se battait pour Handilove; mais dans les instants de mélancolie ressurgissait son rêve de petite fille : convoler dans un château, avoir des enfants blonds et une villa au bord de la mer. Ses aventures amoureuses se déroulaient généralement dans les bras de play-boys sans lendemain ; mais après chaque aventure ratée revenait l'obsession de l'époux. Martin faisait un peu gamin ; il dansait mal, mais il avait du charme et un père ambassadeur. Cécile le reconduisit à Paris. Au moment de lui dire au revoir, il l'embrassa sur la bouche et l'accompagna chez elle. La seconde partie de la nuit confirma ses intentions ; mais il s'avéra au lit un médiocre amant.

Ouvrant l'œil quelques heures plus tard dans les draps de la jeune femme, l'étudiant commença par s'excuser en mettant sa maladresse sur le compte de l'alcool (il s'excusait toujours de la sorte, afin de laisser entendre qu'il ferait mieux la *prochaine fois*). Il se leva, la tignasse en bataille et se crut obligé d'aller chercher des croissants. Cécile, sur l'oreiller, tentait d'imaginer leurs futurs dimanches matin, tandis que les enfants — Alexandre et Marine — gazouilleraient dans la chambre voisine. Martin servit le café au lit. La directrice commerciale espérait le voir de nouveau bondir, dans un élan de folie sensuelle. Il finit par s'allonger près d'elle ; mais il avait remis ses lunettes et parcourait les pages du journal, en émettant des commentaires à voix haute. Tandis que Cécile lui caressait les cheveux, il poussa un cri : un projet de loi contre les immigrés clandestins venait d'être adopté en première lecture à l'assemblée. « Fachos ! » grogna Martin. Cette expression agaça Cécile qui se situait politiquement « à droite ». Persuadée d'avoir « lutté pour réussir », elle détestait les leçons de morale des gosses de riches. Se levant du lit, elle regarda Martin :

« Tu ne crois pas que la France compte suffisamment de chômeurs pour ne pas ouvrir ses frontières à des wagons d'immigrés ? Qu'est-ce que le "fascisme" vient faire là-dedans ? »

Martin blêmit. L'expression « wagons d'immigrés » lui sembla ignoble. Il venait de passer la nuit avec une nazie.

« On ne se reverra pas ! » songèrent Cécile et Martin en se quittant froidement sur le pas de la porte. Une semaine plus tard, le jeune homme téléphonait pour s'excuser. L'expression « fasciste » était sans doute exagérée. Le week-end commençait. Martin pensait avec excitation aux longues jambes de Cécile. Elle-même avait passé la semaine à négocier des remises auprès des distributeurs de matériel pour handicapés. Une sorte de désir les poussa à se convaincre qu'ils auraient plaisir à passer une autre soirée ensemble.

Au cours du dîner, dans un petit restaurant de la rive gauche, Martin évita toute conversation politique au profit de récits de voyage. Cécile le trouvait mignon, elle pourrait accomplir son éducation amoureuse. Ils passèrent une seconde nuit chez elle. Le jeune homme se démena pour bien faire, mais ses gestes maladroits n'intéressaient décidément guère la jeune femme, qui patienta sous l'assaut en pensant à d'autres amants. Au petit matin, il prépara le café et servit le petit déjeuner au lit ; puis le ton monta de nouveau. Martin se déclara ennemi de la croissance, partisan d'un contrôle écologique sévère. Cécile écoutait vaguement ses discours politiques, comprenant qu'elle faisait fausse route. Cette fois, elle ne réagit pas et ils se séparèrent poliment. Quand, une semaine plus tard, Martin rappela pour s'excuser, elle le trouva encombrant. Elle songeait au moyen de l'éloigner avec tact tandis qu'il s'accrochait, épris de cette femme plus âgée et de scs jupes sexy. Aujourd'hui, dans son message, il précisait « urgent ». Cécile se sentit obligée de rappeler. Il décrocha à la première sonnerie :

« C'est toi, Cécile ? Excuse-moi, il m'est arrivé un truc horrible, hier soir... Il faut que je te parle... tu vas bien ?

— Martin, j'ai du travail. La secrétaire m'a dit que c'était urgent.

— Cécile, j'ose à peine te le dire, parce que... tu vas prendre ça comme une justification de tes idées. Mais, je voudrais connaître ton avis.

— Je t'écoute...

— Eh bien, hier soir, en rentrant chez moi, je me suis fait agresser... par une bande de Beurs. »

Martin redoutait que Cécile n'éclate de rire. Elle laissa un silence, puis il reprit :

« Donc je marchais sur les quais, comme d'habitude. Il était onze heures, minuit. Soudain trois loubards, genre banlieue, me sont tombés dessus.

Ils m'ont poussé contre un mur, ils ont commencé à me frapper. J'ai préféré donner mon argent et j'ai pu filer. Tu crois que j'ai bien fait ? »

Cécile éprouvait une légère satisfaction. Martin l'agaçait avec ses discours romantiques sur les immigrés. Cette punition paraissait logique à la jeune femme, qui considérait la plupart des Arabes comme des voyous :

« Naturellement que tu as bien agi. D'ailleurs, tu ne pouvais rien faire d'autre. Ces petites crapules n'ont aucune morale. »

Martin se tut, avant d'ajouter :

« Ce qui me déprime complètement, c'est de n'avoir pas su leur parler ; j'étais incapable de trouver un mot, une phrase intelligente pour les toucher, les intéresser. Ils me manipulaient comme un objet. »

Cécile s'impatienta :

« Arrête tes sornettes, Martin ! Ce ne sont pas des philosophes. Ils se moquent de tes sentiments. On ne discute pas avec des racketteurs. Tu crois que ton intelligence pourrait les séduire ?

— Vraiment j'étais honteux. J'avais envie de leur expliquer : "Je suis votre ami, les gars ; je me bats contre le racisme, je lutte à vos côtés contre l'injustice !" »

La jeune femme ne put contenir un élan patriotique :

« Mais *où va la France* avec des gens comme toi ? Ils t'ont frappé, dévalisé. Tu devrais les détester.

Eh bien non : tu te considères comme le coupable ! Tu es malade, mon vieux ! »

Martin éprouvait un curieux soulagement. La nuit précédente, après le guet-apens, il avait appelé plusieurs copains de Sciences-po. Le premier était resté pragmatique : « Ça peut arriver à tout le monde ; on sait que la délinquance existe ; donc il faut éviter les berges en pleine nuit. » La seconde, Camille, militante d'extrême gauche, avait accablé Martin de culpabilité en lui reprochant de se murer dans le rôle du bourgeois agressé ; il aurait dû entamer le dialogue coûte que coûte. Le troisième, fils d'un universitaire tunisien, se montrait plus compréhensif ; il trouvait ce genre de mésaventure vraiment nulle. Martin voulait également connaître l'avis de Cécile, parce qu'elle baignait dans un monde complètement différent, parce qu'elle était « de droite », parce qu'ils s'étaient déjà engueulés sur ce sujet. Son discours lui semblait toujours aussi primaire ; pourtant cette réaction furieuse agissait comme un baume. Le garçon entrevoyait une possibilité très douce : l'hypothèse d'être une victime innocente, malmenée par des agresseurs odieux. Il n'y croyait guère mais cette séparation enfantine du bien et du mal le soulageait. La jeune femme reprit la parole :

« J'espère que tu as porté plainte à la police.

— Ça va pas, non !

— Alors tu es un salaud ! Ça ne te dérange pas

que d'autres passants se soient fait agresser après toi ?

— C'est compliqué, Cécile ! Jamais de ma vie, je ne ferai appel aux flics. »

Elle s'énerva :

« Mais qu'est-ce que tu as contre les flics ? Ce sont des gens respectables. Toi, tu préfères les voyous, simplement parce qu'ils sont arabes ? Je me demande qui est raciste ? En tout cas, maintenant, tu sauras que c'est traumatisant de se faire agresser ! Alors arrête de t'excuser... Bon, Martin, je dois te laisser, j'ai plein de boulot.

— Cécile, on se voit quand ?

— Je ne sais pas...

— À bientôt. »

Elle raccrocha, à la fois irritée et satisfaite. Cette leçon concrète serait plus efficace que tous les discours.

Après un moment de réflexion, elle saisit sur son bureau un parapheur ; elle vérifia plusieurs factures, signa des bons de commande. Elle se tourna vers une console sur sa droite, alluma le Minitel, composa un numéro de téléphone puis tapa sur le clavier le mot : HANDI-CONTACT.

Cécile était assez fière de sa création : une messagerie pour handicapés qui échangeaient des informations pratiques à travers la France. Ils pouvaient faire connaissance, se rencontrer et — pourquoi pas — flirter. Elle constata avec satisfaction que 34 abonnés étaient en ligne sur le serveur — soit, au tarif de 1,29 franc la minute, un chiffre d'affaires mensuel supérieur à 200 KF. Elle pianota, avec un mélange de curiosité et de pudeur, parmi les messages d'infirmes à la recherche d'affection.

Coupant la communication, elle replongea dans une épaisse paperasserie administrative. Pendant une dizaine de minutes, elle compulsa un rapport sur les « appareils élévateurs verticaux pour personnes à mobilité réduite ». Soudain, un peu nerveuse, elle abandonna sa lecture et se tourna de nouveau vers le Minitel. Elle demeura un instant pensive, murmura « non ». Puis après un soupir, elle composa encore un numéro de téléphone, suivi d'un code d'accès qui s'inscrivit sur l'écran : DEBORA. Cécile accomplit d'autres manœuvres ; ses doigts tapèrent sur le clavier :

« Belle femme blonde, 30 ans, cherche jeune homme sexy, sportif, viril. »

Elle valida l'annonce, sous le pseudonyme « belle nana » tout en marmonnant : « C'est idiot. » Depuis son aventure avec Martin, elle rêvait d'un amant plus conséquent. Elle replongea dans son parapheur, sans éteindre la console. Toutes les trente secondes environ, elle s'arrachait aux factures pour guetter un signe sur l'écran. Après quelques minutes, un astérisque lumineux clignota, indiquant à Cécile qu'un correspondant venait de répondre à son message.

4

Rachid demanda à Jean-Robert de vérifier l'orthographe ; puis il tapa d'un seul doigt sur le clavier :

« Méditerranéen, 22 ans, beau gosse, sportif… »

Il avala une gorgée de bière, alluma une cigarette et se tourna de nouveau vers son ami :

« Une belle blonde, je te jure ! »

Jean-Robert écoutait d'une oreille distraite, tout en feuilletant les pages d'un magazine :

« Ne t'emballe pas, ma poule ! Sur le réseau, une belle blonde, c'est parfois une grosse brune ou une petite rousse. »

Rachid n'écoutait pas. Rivé à l'écran, il s'écria :

« Hé, elle laisse un téléphone. "Appelle ce soir, à vingt heures." Si elle donne un numéro, c'est qu'elle a confiance, hein ?

— C'est ça. Ou le numéro est faux ; ou il n'y aura personne.

— Non, ça va marcher, je le sais. »

Jean-Robert soupira. Il souffrait secrètement quand Rachid lui parlait des filles. Jamais il n'avait droit — lui, homosexuel vieillissant — à ces débordements d'ardeur, à cette impatience. Les sentiments à son égard relevaient du petit commerce enrobé d'amitié sincère. Mais Jean-Robert, contre toute raison, aurait voulu être aimé *comme une femme.* Le Marocain se rendit dans la cuisine pour prendre une bière. Il reparut, grand et mince, dans l'encadrement de la porte : le visage basané cernant de beaux yeux noirs, une moustache naissante, les cheveux courts enduits de gel. Rachid dépensait son peu d'argent chez le coiffeur; il portait une chaîne autour du cou et une chemise bien repassée par l'une de ces femmes auxquelles il prétendait faire l'amour, des nuits entières. Agacé, Jean-Robert prononça :

« Arrête de boire, ça te rend bête. »

D'une main ferme, il saisit la poignée située sur le rebord droit de sa chaise roulante, appuya sur un bouton, fit pivoter le véhicule d'un quart de tour et se dirigea vers la fenêtre, dont il écarta le rideau pour observer la rue, baignée de soleil.

« Je n'aime pas te voir ainsi, poursuivit Jean-Robert. Tu devrais plutôt chercher du travail. Je ne veux pas te donner de leçon, mais tu n'as ni papiers, ni boulot, ni logement, rien. »

L'autre écoutait, assis sur la moquette, près de la chaîne hi-fi où passait une chanson de Bob Marley. La chemise entrouverte, il buvait sa cinquième Carlsberg en roulant un troisième joint depuis le début de l'après-midi. Comme Jean-

Robert achevait sa phrase, Rachid releva les yeux en affirmant :

« Moi, j'ai confiance. Je sais que c'est le moment. Si tu m'avances les cinq mille des blue jeans, je gagne dix mille et je te rembourse.

— Rembourse-moi d'abord ce que tu me dois déjà ! »

Une certaine confusion régnait dans les échanges de Rachid et de Jean-Robert, où s'entremêlaient l'argent et la sexualité. Le Français se persuadait de jouer un rôle de mécène et de protecteur d'un immigré sans ressources. Pour éviter un climat de prostitution, il lui « avançait » des crédits destinés à favoriser son implantation sociale. Guidé par une inclination paternelle, il le sermonnait, lui cherchait un travail et un logement stable ; il s'efforçait de cultiver, entre eux, une relation d'entraide mutuelle — économique d'un côté, sexuelle de l'autre. Mais ce tour d'illusionnisme ne suffisait pas à masquer la simple réalité : en temps normal, les tendances homosexuelles du jeune Marocain étaient très faibles ; il fallait généralement que Rachid ait besoin d'argent pour qu'ils se retrouvent ensemble au lit. En état de grave frustration amoureuse depuis son accident, le handicapé acceptait toutes les contradictions pour obtenir du jeune homme quelques gestes tendres. Il souffrait de n'être qu'un client ; il admettait toutefois que, sans la prostitution, il n'aurait jamais pu, dans son fauteuil roulant, s'offrir un si bel ami.

L'état où se trouvait présentement Rachid — plein de bière et de cannabis, excité par la « belle blonde » du Minitel — paraissait favorable. Une vague promesse sur les « cinq mille » suffirait pour qu'il se consacre un instant au corps de son vieux client (quarante ans, c'est très vieux pour un infirme gay). Moralement, Jean-Robert aurait préféré parvenir à l'amour sans entrer dans ce trafic ; mais il ne connaissait pas de voie plus directe. Regardant Rachid, il émit sa proposition chargée de sous-entendus :

« J'ai envie de me coucher. Tu viens ? »

Rachid ne répondit pas. Il venait d'allumer son joint et cherchait, parmi les cassettes, une complainte d'Oum Kalsoum qu'il désirait entendre, *à cet instant précis*, dans la montée de l'ivresse.

Pour forcer le mouvement, Jean-Robert actionna le moteur de sa chaise, dont les roues glissèrent du séjour vers la chambre. Il freina devant son bureau, consulta le grand écran d'ordinateur où passaient des poissons, dans la recomposition aléatoire d'un aquarium. Plein à ras-bord de nageoires multicolores, l'écran se vida instantanément puis l'aquarium s'emplit de nouveau. Cliquant sur la souris, Jean-Robert fit apparaître l'article auquel il travaillait depuis ce matin : un éditorial sur l'utilisation d'animaux dans les tests de sécurité routière. Un ami ingénieur lui avait décrit le supplice de ces porcs vivants qu'on attache dans des voitures avec une ceinture de sécurité et qu'on projette à cent kilomètres à l'heure contre un mur, afin d'étudier les lésions. Nécessité scientifique ? Perversité sadique ? Ce genre de question préoccupait Jean-Robert depuis le carambolage où il avait perdu l'usage de ses jambes. Après une tentative de suicide, il avait remonté la pente grâce à un procès retentissant — son avocat démontrant la responsabilité de la firme automobile. Ce combat avait éveillé un espoir dans la communauté des handicapés. Jean-Robert travaillait désormais, à domicile, pour un journal d'informations sur la sécurité routière. Il changea une virgule dans la dernière phrase puis reposa la souris et se retourna en appelant :

« Rachid, tu viens ? »

Quand il ne travaillait pas, Jean-Robert écoutait des disques d'opéra ; il collectionnait les vidéos gays américaines et relisait inlassablement l'œuvre de Marguerite Duras. Amateur de vin, il choisissait parfois un grand cru de saint-émilion pour le déguster seul devant un récital de la Callas ou une chevauchée porno de culturistes californiens. Il adorait également la course automobile (son accident n'avait pas entamé sa passion pour la formule 1). La bonne chère et l'immobilité arrondissaient peu à peu son ventre, sous lequel flottaient ses jambes mortes dans un pantalon de survêtement. Au-dessus de la taille, un débardeur exhibait son thorax et ses épaules triomphants, musclés par une série d'exercices quotidiens. Son crâne portait des cheveux noirs coupés ras et une barbe de deux jours, affirmant une certaine rudesse virile au sommet du corps meurtri.

Rachid entra dans la chambre, une nouvelle boîte de bière à la main. Il regarda son ami, les yeux brillant d'alcool :

« Jean-Robert, devine à quoi je pense ? »

Une lueur passa dans le regard du Français ; il frissonna, espérant un instant que Rachid pensait à la même chose que lui.

« Jean-Robert. Je sais que j'ai une chance, maintenant. C'est la dernière fois que jc te demande de m'aider. Après, tout ira bien.

— Cesse de me parler d'argent, gémit Jean-Robert.

— *Je te prête* les cinq mille francs et je te les rends dans un mois », insista le Marocain.

Rachid faisait toujours la même erreur, consistant à utiliser le mot « prêter » à la place d'« emprunter ». Il se tenait dans l'encadrement de la porte, élancé, souple comme un fauve. Après un bref silence, il demanda :

« Tu veux que je te couche ?

— Oui, on va faire la sieste. »

Jean-Robert vouait une infinie reconnaissance à Rachid pour l'indifférence avec laquelle il acceptait son corps d'accidenté, sans dégoût apparent, comme n'importe quel corps. Peut-être parce que le Marocain se trouvait en bas de l'échelle sociale et le Français en bas de l'échelle physique : leur rencontre improbable devenait possible, grâce à une solidarité de basse espèce.

Le Marocain entreprit de soulever Jean-Robert de sa chaise comme un gros bébé. Les jambes chétives pendaient dans le vide, mais le corps du paralysé s'accrochait amoureusement aux épaules de son acolyte, qui le déposa sur le lit. À l'aide de ses bras musclés, Jean-Robert se traîna sur le matelas, laissant au bord une large place. Rachid était retourné mouiller ses cheveux dans le cabinet de toilette. Jean-Robert finit par murmurer, un peu gêné :

« Tu viens t'allonger avec moi ? »

Rachid traversa de nouveau la pièce en grimaçant :

« Attends un peu, je suis bien... »

« Il est bien ! songea Jean-Robert, furieux. Est-ce que je paie pour attendre pendant qu'il est bien ? » Puis il tâcha de se contrôler, de prendre en compte l'*élément humain* de son ami qui n'était pas un objet, mais un être vivant, évoluant à son propre rythme. Il décida de patienter.

Rachid était retourné vers la chaîne hi-fi. Il rembobina la cassette jusqu'au début du morceau et, pour la seconde fois, les violons d'Oum Kalsoum entamèrent leur crescendo langoureux. Il augmenta encore le volume puis revint dans la chambre en se déhanchant lentement sur la musique, tout en brandissant d'une main sa bière, de l'autre une cigarette. Il dansait les yeux fermés, planant très loin de Jean-Robert. De temps en temps, il ouvrait à nouveau son regard et souriait :

« Cinq mille francs, je te jure. Cinq mille francs, et on est tranquilles pour l'été…

— On verra, gémissait le Français qui ne voulait ni se soumettre, ni laisser filer l'occasion… Viens t'allonger avec moi. »

Rachid dansait toujours. De plus en plus *sexy* avec sa chemise à moitié ouverte. Quand le morceau fut terminé, il regarda Jean-Robert avec une expression éclatée et répéta : « J'adore ce morceau ! » Il se précipita pour retourner la cassette et relança la musique. Il en profita pour passer par la cuisine, prit une autre bière puis regagna la chambre de Jean-Robert, muni du matériel pour rouler un quatrième joint. Cette fois, il s'assit au bord du lit, en dodelinant de la tête sur la mélopée d'Oum Kalsoum. Jean-Robert fulminait sous les draps : non seulement chaque joint constituait un prétexte pour reculer l'acte ; mais chaque bouffée compromettait l'issue car, lorsqu'il fumait trop de cannabis, Rachid finissait par s'écrouler et s'endormait comme une masse. Espérant gagner la course, Jean-Robert ôta son débardeur. Dissimulant la moitié morte de son corps sous la couverture, il redressa sur l'oreiller ce torse musclé, somme toute assez attrayant (c'était son impression quand il se regardait dans la glace). Adoptant la pose de l'Olympia de Manet, il tendit la main et caressa légèrement le dos de Rachid qui faisait brûler le hasch et le mélangeait au tabac. D'un mouvement sec, le Marocain se détacha :

« Arrête de me coller... »

Mortifié par cette réflexion, Jean-Robert ôta sa main comme s'il avait touché une plaque électrique. Petit salaud ! Toute l'attention, *toute l'aide* apportée par Jean-Robert lui était indifférente ; il la considérait comme un dû et semblait incapable de concevoir le plus petit signe de tendresse. Il acceptait sa rente de prostitué mais — pour ne pas ressembler à un gigolo, et parce que Jean-Robert dissimulait la prostitution derrière des gestes d'amitié — il ne se sentait jamais redevable de quoi que ce soit. Sinon de faire hâtivement l'amour une fois par mois, quand le handicapé arrivait à la dernière extrémité. Quelle injustice ! Quelle incommunicabilité ! Quelle bêtise d'être amoureux de ce voyou hétéro crapuleux, justement parce qu'il était voyou, hétéro, crapuleux, menteur et pas du tout amoureux. Quelle absurdité ! Convaincu que le contrat n'était plus respecté, Jean-Robert s'écria :

« Oui, c'est ça : quand tu veux *quelque chose*, il faut que je te le donne tout de suite. Mais quand c'est moi qui veux *quelque chose*, je peux toujours attendre ! »

Il mesura la nullité de sa phrase en la prononçant. Le propos était clair, humiliant, dictatorial : Rachid regarda son ami, résigné. Il se leva comme un chien battu, termina de déboutonner sa chemise. Jean-Robert espérait que le moment était enfin venu. Mais le morceau arrivait à sa fin et Rachid s'agita de nouveau :

« Attends, je vais remettre la musique… »

Il disparut un moment dans le salon, tandis que Jean-Robert dominait son impatience.

Les violons d'Oum Kalsoum déployaient leur mélopée orientale. La voix pleurait, chantait son impossible amour dans un lamento intense. Rachid entra dans la pièce et Jean-Robert observa une évolution favorable : le visage figé dans un sourire haschischin, Rachid dansait toujours mais sa danse tournait au strip-tease. Ondulant en mesure, il tendit les bras, tira sa chemise, la laissa tomber sur la moquette et dévoila son torse finement musclé. Puis il déboutonna son jean et le fit glisser le long de ses cuisses mates, ne conservant qu'un slip de Tarzan en simili-peau de bête. Il dansa encore ; son corps bronzé adoptait les contorsions d'une danseuse de harem. Enfin, il vint s'allonger auprès de Jean-Robert, qui amorça vers lui un geste des bras. Rachid se dégagea en implorant :

« Attends un peu, je fume une cigarette ! »

Il se releva, galopa en slip dans la pièce voisine ; il revint muni d'une bière, d'un cendrier et d'un paquet de cigarettes. Puis il s'assit confortablement dans le lit, posa son dos sur l'oreiller, alluma sa clope et recommença à siroter sa Carlsberg, tandis que Jean-Robert se serrait contre lui, appuyait la tête contre son épaule, passait une main sur son ventre et, par tous les moyens, cherchait une dose de *contact*.

Rachid, à présent, se laissait faire. Ni pour ni

contre, parfaitement impassible, il fumait sans se presser. Entre deux bouffées, il avalait méthodiquement une gorgée de bière, laissant agir la main de Jean-Robert. Quand la bouteille fut vide, le handicapé éteignit la lumière. Rachid écrasa son mégot et l'on n'entendit plus que des froissements et des soupirs entre les draps.

Dix minutes plus tard, Jean-Robert allumait la lampe de chevet. Rachid sortit du lit, alla se rincer dans la salle de bains, enfila son slip de Tarzan et revint s'allonger près de son ami. Satisfait, celui-ci demeurait silencieux sur l'oreiller. Le jeune Marocain alluma une cigarette, comme font les acteurs après l'amour. Dans un mouvement fraternel, il passa son bras derrière le cou du handicapé. Il resta ainsi, longtemps, le serrant contre lui, aspirant une à une les bouffées de tabac avant de lui tendre sa clope. Pour ce geste spontané, Jean-Robert était prêt à tout pardonner, tout accepter, tout donner. Rachid prononça :

« Jean-Robert... »

Jean-Robert se sentait divinement bien.

« Jean-Robert, pour les cinq mille, il faut que tu m'aides ; j'ai une chance, je ne veux pas la rater. »

Ah la petite frappe ! Rien ne serait épargné dans l'humiliation réciproque ! Un paralytique harcelé par le désir sexuel et un immigré clandestin, propriétaire de rien, sauf de son corps. Mais Rachid enlaçait toujours Jean-Robert et sa chaleur produisait un effet apaisant.

« Jean-Robert, reprit Rachid...

— Ne me parle plus d'argent, s'il te plaît.
— Jean-Robert, hier, j'ai volé…
— Comment ça, tu as volé ?
— Oui, j'étais avec mon cousin et son pote ; deux mecs de la cité. Des frimeurs, des abrutis…
— Et alors ?
— Alors on est sortis dans Paris et Karim — c'est mon cousin, il a quinze ans mais il est violent —, Karim a voulu braquer un jeune bourge, sur le quai. Le type a pris peur ; il nous a donné son fric.
— Vous l'avez frappé ?
— Non, on l'a menacé… Franchement, Jean-Robert, j'aime pas ça. Mon cousin, c'est un "reubeu" : il est né en France, il est mineur ; s'il se fait prendre, on le relâchera. Moi, je suis clandestin, j'irai en prison, je me ferai expulser… Et pourquoi attaquer un mec tranquille ? Ça me dégoûte. On avait fumé, j'étais avec les autres, je ne pouvais pas leur expliquer.
— Tu as raison. Ne recommence pas ce genre de conneries », conclut Jean-Robert.

Il jubilait intérieurement. Son attirance pour les voyous trouvait une récompense délicieuse. Non seulement il hébergeait un « sans-papiers » mais, surtout, Rachid se confiait comme si Jean-Robert était un Français différent des autres, *comme s'il n'était pas seulement un client* mais un protecteur. Il éprouva un frisson.

« Jean-Robert, poursuivit Rachid…
— Quoi ?

— Jean-Robert, tu crois en Dieu ? »

Déjà plusieurs fois, Jean-Robert avait constaté que la question de « Dieu » suivait, dans la conversation de Rachid, l'acte sexuel. Il ne répondit pas. Son ami reprit :

« Dieu a créé la Loi, enseignée par le Prophète... »

S'ensuivit une leçon de catéchisme d'où il ressortait — selon Rachid — que le péché conduisait en enfer ; que parmi les principaux péchés figuraient celui de boire de l'alcool, de voler son prochain et de coucher avec un autre homme. Curieusement, Rachid semblait rassuré par l'énoncé des principes, sans considérer qu'il venait de les transgresser l'un après l'autre. Il resta ainsi, un long moment, parlant de Dieu et du Diable. Puis il se leva, se rhabilla et annonça qu'il avait rendez-vous *avec une pute*, dans un bistrot des Champs-Élysées ; une de ces filles qui repassaient ses chemises et lui donnaient parfois un Tupperware plein de couscous. Aujourd'hui, elle voulait l'emmener au cinéma.

« Sois prudent, évite les contrôles. Prend le bus, pas le métro », implora Jean-Robert.

Chaque fois que Rachid s'en allait, il tremblait pour son protégé. Le sentiment paternel prédominait jusqu'au prochain rendez-vous. Installé dans son appartement, au milieu de nombreux objets, tableaux, appareils, vidéos, bibelots, Jean-Robert était bouleversé lorsque Rachid disparaissait dans la rue pour quelques jours. Il le regardait franchir la porte, chargé d'un sac de sport contenant tout ce qu'il possédait : quelques vêtements, quelques adresses griffonnées, quelques photos; une famille pauvre près d'Agadir. Ni papiers, ni travail, ni logement. Rachid vivait au jour le jour, totalement démuni, et Jean-Robert songeait que, s'il arrivait malheur à ce vagabond, il ne s'en remettrait pas.

« Sois gentil, aide-moi à m'habiller et remets-moi sur ma chaise avant de partir. »

Rachid se dirigea vers l'armoire où il choisit une chemise pour Jean-Robert. Il habilla son ami puis alluma une cigarette en disant :

« Je te laisse mon sac, je le reprendrai demain… »

Conserver ce sac réconfortait Jean-Robert qui retourna vers son ordinateur, tandis que le jeune homme claquait la porte et disparaissait dans la rue.

5

Depuis une semaine, Martin parcourait la ville rongé par l'angoisse. Lui qui prenait le métro à n'importe quelle heure — affirmant haut et fort qu'on n'y court aucun danger — sentait désormais la sueur perler sur son front dès qu'il apercevait une bande de jeunes à l'extrémité du compartiment. Il rasait les couloirs des correspondances et se recroquevillait quand ses oreilles discernaient au loin le terrible accent de banlieue. Apercevant au coin de la rue un ou deux Blacks, il avait l'impression d'être épié par une horde et tournait à la première bifurcation. Lui qui entraînait volontiers sa famille en promenade, le dimanche, dans le quartier de la Goutte-d'Or — afin d'apprécier la beauté des marchés orientaux et les joies de l'exotisme parisien — préférait désormais la sécurité des beaux quartiers, où il se repliait comme dans un camp retranché.

Aux réunions de Sciences-po, Martin parlait habituellement des immigrés comme de l'« espoir du vieux monde ». Or, depuis huit jours, ses protégés lui apparaissaient comme des barbares sans foi ni loi. Le style des jeunes Maghrébins, leurs tennis Nike, leurs chaînes dorées autour du cou, leurs *bombers,* leur accent stéréotypé de rappers, détachant les syllabes comme des déflagrations, tout cela lui faisait l'effet d'un arsenal destructeur. Depuis sa mésaventure sur les quais de la Seine, il ne voyait plus, dans les regards des Beurs, que la haine, la rage de se venger, la hâte de dévaliser, de s'en mettre plein les poches le plus rapidement possible. Pire encore, les voyous de couleur lui apparaissaient comme des copies conformes de leurs ennemis : blancs racistes et autres skinheads, tous également nourris au mauvais lait de la télévision, tous prêts à s'entretuer pour une phrase de travers, pour une question de bagnole. Européens ou Africains, ils portaient les mêmes survêtements, partageaient les mêmes désirs de pouvoir, la même envie d'en découdre.

Un samedi après-midi, il cherchait un magasin de chaussures dans les galeries souterraines du Forum des Halles. Les rues se succédaient dans la lumière électrique. Seuls quelques noms — empruntés à l'ancien Paris — différenciaient les allées bordées de boutiques : « Rue de l'Équerre-d'Argent », « Rue du Bœuf-Couronné ». Soudain, Martin s'immobilisa à l'entrée d'un vaste hall, au pied des escalators. Des centaines de Noirs, de Blancs, de métis étaient rassemblés devant lui, six pieds sous terre. Une meute impatiente tournoyait sur la place souterraine du « niveau moins trois », près des portes de la Fnac — le supermarché du disque et du livre. Les gamins se regroupaient par grappes, débarquant des banlieues lointaines par les rames de métro et de RER. Traversant l'essaim pour atteindre un escalator, Martin évitait de fixer les regards. Douze ans, quinze ans, vingt ans, la plupart portaient des joggings. Ils patientaient à la porte des boutiques, s'excitaient dans de petits trafics, des débuts de bagarres, des rages soudaines. Quelques vigiles en costume-cravate, eux-mêmes blacks ou beurs, contenaient les plus vindicatifs en soutenant de virulentes discussions. Des nanas, marquées au rouge à lèvres, parlaient très fort, très vulgaire, comme si les « Beurettes » signifiaient aux instituteurs de gauche qui sortaient de la Fnac, chargés de romans lyriques et d'essais sur la querelle de l'art contemporain : « Votre monde, vos certitudes, ce sera bientôt fini ! » Oui, s'effrayait Martin : « comme dans toutes les révolutions, le jour où les vigiles se retourneront pour faire alliance avec leurs cousins, c'en sera terminé des boutiques et de leurs trésors protégés — livres, disques, magnétoscopes, caméras, ordinateurs. Ce sera le massacre à la machette, le début de la guerre civile. Ils se rassemblent devant les portes du temple à haute valeur ajoutée, attendant l'heure pour tout casser… »

Assez ! Assez ! Martin transpirait, il délirait. Il n'allait tout de même pas sombrer dans ces clichés : la guerre des races, la guerre des cultures. Lui prônait la fusion, l'amour universel ! D'ailleurs, il gardait suffisamment de conscience politique pour savoir que le conflit n'était pas *racial* mais *social*. Il contenait sa rage en songeant aux *vrais coupables* : pendant cinquante ans, les responsables politiques avaient édifié en bordure des villes — au nom de l'économie et du progrès — d'immenses cités-dortoirs où l'on parquait les pauvres et les immigrés. En les tenant à l'écart, ils avaient transformé l'immigration en catastrophe. L'urbanisme radieux des tours et des parkings avait préparé le terrain de la guérilla. À présent, une jeunesse avide déferlait dans les villes, tandis que les mêmes responsables politiques, idiots ou cyniques, prétendaient « chercher des solutions ». Quelques-uns prônaient le renforcement de la police ; d'autres vantaient, sur un ton lyrique, la réussite du *modèle français*. Mais la violence débordait des cités décomposées, pleines de désœuvrement et de désirs frustrés.

Interrompant sa réflexion, l'étudiant redressa la tête : à l'extrémité de la galerie marchande avançait une bande de Blacks de treize, quatorze ans. Le premier, furieux, tête rasée, tenait en laisse un pitbull. Tiré par son chien, il frémissait jusqu'aux os et provoquait du regard les vigiles qui contrôlaient provisoirement la situation. Combien de temps encore ? Cherchant une cheminée pour échapper à cette cocotte-minute sur le point d'exploser, Martin remonta à l'air libre par un escalator.

Sous le ciel parisien, les vieux hôtels de passe transformés en fast-foods faisaient face à l'architecture plastifiée du Forum des Halles. D'autres Noirs en costume-cravate distribuaient des tracts pour la révolution islamique. L'étudiant souffrait, tourmenté par l'idée qu'il était en train, peut-être, *de virer à droite*. Selon le schéma politique de Martin, la « gauche » était le camp de la liberté (un monde sans frontières, une société fraternelle, la liberté sexuelle, la dépénalisation des drogues douces...) ; la droite celui du maintien de l'ordre (le travail, la famille, l'armée, la religion, la police...). Or depuis une semaine, obsédé par une violence omniprésente, il éprouvait un certain réconfort à la vue d'un gardien de la paix en uniforme.

Il avançait parmi les boutiques de sandwiches de la rue Saint-Denis. Derrière les comptoirs, quelques Beurs courageux trimaient dans le froid pour cent francs par jour ; ils étaient nés ici, dans des familles pauvres ; ils se débrouillaient comme ils pouvaient. D'autres attendaient l'embrouille, près de la fontaine des Innocents ; ils préféraient se battre, mettre la main au cul des filles, gueuler, se servir comme peuvent faire de jeunes loups dans un supermarché de soixante millions d'habitants. Ils avaient raison. Tout le monde avait raison et le futur énarque cherchait comment résoudre cette guerre de classes, de races, de religions. Un premier projet concret germait dans son esprit. Il envisageait — dès qu'il serait au pouvoir — de transformer certains immeubles, au centre des villes, en habitations à loyer modéré. On pourrait ainsi installer, entre les Invalides et les Champs-Élysées, des familles d'Algériens ou de Ghanéens. En rapprochant géographiquement les travailleurs immigrés des cadres supérieurs, on créerait un mélange favorable à la paix civile. Les riches Blancs vivraient non loin des femmes de ménage noires; leurs enfants fréquenteraient les mêmes écoles. Certains gosses africains deviendraient cadres supérieurs — tandis que certaines gamines bourgeoises attardées apprendraient à faire les ménages. Ranimé par ce projet, Martin accéléra le pas. De retour chez lui, il se remit au travail et entama le nouveau chapitre de son rapport sur l'immigration, intitulé : « Pour une ville mélangée ».

Le lendemain soir, une fille de Sciences-po fêtait son anniversaire dans l'appartement de ses parents. À proximité de l'avenue Montaigne, parmi les statues chinoises et les toiles d'art contemporain, des jeunes gens à cheveux longs discutaient de leurs vacances au ski et de la montée de l'extrême droite. Ils étaient français, de familles bourgeoises — à l'exclusion de deux étudiantes japonaises et d'un grand Noir à chevelure tressée de rasta. Né dans une cité au-delà du périphérique, Mustapha préparait une licence de sociologie et gagnait sa vie en livrant des pizzas. Il sortait avec Dorothée. Sa présence ici, son accent de banlieue exerçaient une irrésistible attraction sur les filles et les garçons qui s'approchaient de lui, posaient des questions, cherchaient à sympathiser, remplissaient son verre, offraient leurs cigarettes. Mustapha tentait d'expliquer :

« Faut pas rêver : les cités sont pleines de cons. Des petits frimeurs qui veulent jouer au plus fort, des racketteurs prêts à tuer pour rien — même pas pour bouffer, juste pour passer le temps. Comme ils sont mineurs, on les laisse faire. Évidemment, la plupart sont blacks ou beurs — avec en face d'eux les racistes et la police. Si je n'avais pas quitté cette merde, jamais je n'aurais pu étudier... »

Les jeunes gens de gauche écoutaient avec compassion ces propos désabusés sur la vie des banlieues. Pour eux, la question de l'immigration ne constituait pas un réel problème; mais ils acceptaient respectueusement cette authentique parole d'un véritable « Black des cités », dont la présence donnait à leur réflexion un piment de concret.

En fin de soirée, Martin retrouva dans la cuisine Camille, sa copine révolutionnaire, en train de déboucher un magnum de champagne. Elle remplit leurs verres en souriant et s'écria, un peu saoule :

« Tu as entendu Mustapha ? Ce mec a vraiment la pêche ! Dorothée est super amoureuse de lui. »

Martin voulut mettre à profit cette sympathie pour glisser ses propres observations :

« Au moins, il ose affirmer qu'aujourd'hui, en France, la pauvreté, la couleur de peau, la délinquance, tout cela va souvent ensemble — et que les cités constituent un terrain idéal pour le racisme. »

Le visage de Camille se contracta :

« Tu ne veux tout de même pas dire que les immigrés sont responsables du racisme ? Arrête Martin : le racisme, c'est l'idéologie des racistes, un point c'est tout. »

L'étudiant tenta de se raccrocher à son protecteur :

« En fait, Camille, je dis exactement la même chose que Mustapha !

— Il parle de son expérience, avec son langage... Ça ne t'autorise pas, toi, à reproduire des clichés fascisants sur le prétendu "problème de l'immigration". Pourquoi pas le "problème juif" pendant que tu y es ?

— Tu mélanges tout ! Je n'ai rien dit de fasciste. Mais quand même, je pense que la situation est compliquée. D'ailleurs, moi aussi, je te parle de mon expérience...

— Ah c'est vrai, j'oubliais ta petite agression ! »

Elle prononça cette phrase sur un ton humiliant. Martin comprit que sa mésaventure le rendait suspect. Dans l'esprit de Camille, seule une faute avait pu faire de lui la victime.

D'une certaine façon, Cécile lui semblait plus

compréhensive. Après le guet-apens, il avait goûté sa logique simple, sa morale carrée assez pratique. Ce défi lui semblait plus intéressant : comment retenir une femme si différente de lui ? Elle l'excitait avec ses jupes serrées, son absence de culpabilité. Plus il y songeait, plus il trouvait sexy ses manières de businesswoman.

Il rappela la jeune femme pour l'inviter à dîner chez lui. Deux fois, elle repoussa la date, prétextant une série de « congrès en province ». Acceptant de mettre cette indisponibilité sur le compte d'une activité professionnelle débordante, Martin attendait son heure. Au troisième coup de fil, elle accepta le rendez-vous. L'étudiant se promettait de gagner la bataille. Cécile comptait sur l'occasion pour en finir.

Tout l'après-midi, Martin rangea le studio acheté par ses parents près de la place Maubert. Le Che Guevara posé au mur lui parut pour la première fois ridicule avec son regard illuminé, sa barbe prophétique et son béret basque ; il accrocha à la place une reproduction de Matisse. Il retira les livres empilés sur la table, disposa une nappe ; il descendit chez le traiteur libanais, remonta un assortiment de salades et une bouteille de bourgogne ; il changea les draps, mit un pantalon propre et un veston.

Principal dispositif stratégique : Martin disposa bien en vue, près du canapé, un magazine ouvert sur une récente affaire médiatique. Une actrice célèbre posait, en pleine page, entourée d'enfants noirs et de femmes en boubous multicolores. Elle était venue apporter son soutien aux « sans-papiers » réfugiés dans une église parisienne — des familles d'Africains entrées clandestinement en France et menacées d'expulsion. Des associations avaient alerté la télévision ; des artistes en vogue se relayaient dans la paroisse catholique pour exprimer leur solidarité. La tactique de Martin était simple : dès que la conversation glisserait sur cette affaire, il se promettait de surprendre Cécile en déplorant cette démagogie. Il affirmerait que les vedettes du show-biz ignorent tout de la misère et de la violence, qu'il est facile de jouer les grands cœurs en faveur des sans-papiers, qu'il vaudrait mieux commencer par s'occuper des jeunes Arabes nés en France, laissés à la dérive. Content à l'idée de prendre Cécile à revers, Martin alluma une cigarette et contempla son nid d'amour.

La directrice d'Handilove arriva légèrement en retard. Les cheveux noués derrière la tête, elle portait une robe unie tombant à mi-genoux, telle une actrice américaine des années quarante. Son bras droit était chargé de dossiers ; sa main gauche tenait un lourd sac en plastique d'où dépassait un bras de métal articulé — un matériel d'escalade pour handicapés, présenté quelques heures plus tôt lors d'un séminaire professionnel. Ses lèvres conservaient un sourire d'entreprise en embrassant Martin, qui crut à un signe de tendresse. Il fit asseoir Cécile, servit un drink. Quand il alluma les chandeliers, elle comprit qu'il avait concocté un dîner d'amoureux ; il semblait si content qu'elle n'osa le contredire.

Durant tout le repas, Martin anima une conversation mûrement préparée. Des sujets économiques aux sujets culturels, il voulait montrer les nuances et subtilités d'un garçon de gauche prêt à comprendre les objections d'une femme de droite. Ils goûtèrent quelques boulettes de kebbé, des feuilles de vigne, des falafels. Martin se sentait au meilleur de sa forme. Cécile, ennuyée, se demandait comment en venir au but, expliquer à Martin qu'il n'était pas son genre et qu'elle avait un nouvel amant.

Chaque fois qu'il se rendait à la cuisine, il frôlait volontairement la pile de journaux dominée par la photo des grévistes de la faim. Cécile ne réagissait pas. Au dessert, Martin, n'y tenant plus, lança lui-même le sujet et remercia son amie de lui avoir ouvert les yeux. Aujourd'hui, expliquait-il, les banlieues étaient au bord de la guerre civile, en proie à la délinquance, à la drogue, au fanatisme ; beaucoup de gens subissaient ce climat de terreur dans les cités, dans les transports en commun :

« Aujourd'hui, les Français et les immigrés ont du mal à vivre ensemble — qu'on le veuille ou non. Il faudrait s'attaquer sérieusement à ce malaise, au chômage, à l'éducation, à l'urbanisme. Mais ce n'est certainement pas le moment d'ouvrir la porte à de nouveaux immigrés. À moins de vouloir aggraver encore le malaise ! »

Pour appuyer son effet, il évoqua en ricanant cette « affaire » qui faisait la une des journaux. Soudain, il brandit le magazine :

« Quelle démagogie, tout de même ! Cette façon dont une vedette du show-biz somme le gouvernement de régulariser des milliers de sans-papiers — alors qu'on a enfermé deux générations de jeunes Français d'origine maghrébine dans une situation catastrophique. »

Il se tut pour écouter les compliments de Cécile, comme s'il venait d'offrir sa clairvoyance à la jeune femme. Après un bref silence, elle prit la parole :

« En fait, je ne suis pas du tout d'accord avec toi.

— Comment ? s'étrangla Martin.

— Je trouve scandaleux qu'on n'accueille pas ces pauvres gens. »

L'étudiant n'était pas certain d'avoir compris :

« Quoi ? Mais... je croyais que tu trouvais le gouvernement trop laxiste. Ces gens sont venus clandestinement, ils savaient le risque qu'ils prenaient, non ?

— Martin, ce n'est pas si simple. Ce sont des femmes enceintes, des enfants ! As-tu vu ces gamins à la télé ? Franchement, il faut distinguer les situations : qu'on soit sévère avec les délinquants de banlieue, d'accord. Mais on pourrait faire un geste pour ces malheureux dont beaucoup travaillent dur.

— Mais... Les délinquants de banlieue sont

français comme toi et moi. Ils ont grandi ici ; il faudrait commencer par les aider.

— Et ils t'ont cassé la gueule ! Et tu les aimes ! Tandis que les femmes enceintes... »

Martin s'étrangla. Ne sachant que dire, il bafouillait :

« Je n'ai jamais dit qu'il fallait expulser ces gens. Mais quand même, c'est assez compliqué... »

Cécile restait muette. L'étudiant, groggy, proposa un café. Il espérait se rattraper pendant la seconde phase des opérations (la séduction amoureuse), et posa deux tasses sur la table basse, devant le canapé. Observant ses efforts, Cécile préféra couper court :

« Martin, je dois partir.

— Comment ? Partir ? Mais tu viens à peine d'arriver ! »

Assommé par ce crochet supplémentaire, il manqua de rapidité pour organiser la contre-attaque. Cécile, déjà prête, se tenait sur le pas de la porte, ses dossiers sous le bras, remettant les explications à une autre fois.

« Mais... je croyais qu'on restait ensemble, implora Martin.

— Non, je t'assure, on m'attend, je dois filer. »

On l'attend ? Qui l'attend ? Martin tentait de comprendre, tandis que Cécile l'embrassait sur les deux joues et s'avançait vers l'ascenseur, sourde à ses implorations :

« Qu'est-ce qu'il y a ? gémissait le garçon.

— Rien, je t'expliquerai !

— Mais que m'expliqueras-tu, s'il n'y a rien ?
— Rappelle-moi demain... »
La porte de l'ascenseur se referma.
Elle était fatiguée, peut-être. Ou bien le discours de Martin sur les sans-papiers l'avait horrifiée. Probablement.
Refermant la porte de l'appartement, le jeune homme aperçut, près du porte-manteau, le sac en plastique duquel dépassait un long bras métallique. Cécile avait oublié son appareil d'escalade. Il faillit se précipiter, tenter de la rattraper. Puis il renonça ; cela ne servirait à rien. D'ailleurs, cet ustensile obligerait la jeune femme à revenir, demain ou un autre jour. Accablé, il se laissa tomber sur le canapé. Il n'intéressait pas Cécile. Il réfléchissait, seul dans la nuit, tentant de comprendre pourquoi lui, jeune et brillant, mignon et de bonne famille, bien classé dans sa promotion à Sciences-po, ne parvenait pas à charmer cette femme.

6

« Sois prudent. Évite les contrôles. Prends le bus, pas le métro. »

Rachid s'étonnait de cette sollicitude. Pourquoi Cécile cherchait-elle à le protéger ? Pourquoi lui donnait-elle chaque jour de l'argent et de l'attention ? Une semaine après leur rencontre, elle avait installé le jeune Marocain dans une chambre de bonne à Montmartre. Il ne cherchait plus où dormir chaque soir. Presque chaque matin, elle lui écrivait une lettre qu'il recevait le lendemain ; elle l'appelait « mon ange » et poursuivait : « J'ai besoin de tes bras, de ta chaleur, de ton sang... » Ce genre de déclaration, venant d'une grande blonde française de trente ans, cadre d'entreprise, autoritaire au téléphone, fascinait Rachid. Mais, chez elle comme chez Jean-Robert, il redoutait d'être acheté, accaparé par l'amour, toujours plus exigeant. Aussi, après avoir passé la nuit chez Cécile, dans un coin cossu du XVIIe arrondissement, il s'empressait de regagner les zones troubles de la ville qui constituaient son autre vie. Il disparaissait un jour, deux jours, trois jours avant de sonner de nouveau à la porte de la jeune femme.

On entrait dans son appartement par un couloir orné de tableaux : des vaches dans la campagne, un paysage au bord de la mer. Le décor du salon apparaissait à Rachid comme l'expression accomplie du « chic » : quelques meubles anciens, un grand écran TV, un canapé en cuir. Réciproquement, le regard de Cécile brûlait devant les détails « canailles » importés chez elle par l'immigré clandestin : le sac de sport jeté sur le tapis persan; la casquette de base-ball abandonnée sur le buffet rustique, les mélopées d'Oum Kalsoum qui ranimaient les gravures de Valenciennes. Passé l'improbable face-à-face de la première minute (quand elle s'était dit : « Je suis folle de faire entrer chez moi un Arabe rencontré sur Minitel »), elle s'était abandonnée dans ses bras sensuels. Lors de la seconde rencontre, Rachid roulait un joint en expliquant :

« Je suis marocain. Chez nous, les vieux fument le kif; comme les Français boivent du vin. Essaye avec moi, pour le plaisir ! »

Elle avait refusé en grimaçant. Quand il était parti, l'idée qu'elle couchait avec un Arabe drogué l'avait horrifiée plus encore. Puis elle avait repensé à ses caresses : une intensité voluptueuse qui réduisait à néant son expérience érotique antérieure. Elle voulait aider ce garçon à mettre ses papiers en règle, tout faire pour le garder près d'elle. La troisième fois, elle avait entrepris de le sermonner : il ne trouverait jamais de travail, en France, s'il se droguait continuellement. Rachid avait promis de fumer moins, uniquement le soir « pour faire l'amour ». Excitée par cette formule, Cécile avait aspiré une minuscule bouffée de cannabis au moment de se mettre au lit.

Ce matin, elle s'était réveillée dans ses bras. Tandis que Rachid traînait dans un demi-sommeil, elle faisait couler un bain. Bercé par les clapotis, le clandestin écoutait la mer sur une plage marocaine bordée de palmiers. Il ouvrit l'œil et Cécile apparut, parfumée, portant sur un plateau deux tasses de café. Ils firent encore l'amour. Une heure plus tard, ayant embrassé la jeune femme sur le palier, Rachid dévalait l'escalier. Les cheveux bien peignés, enduits d'un gel brillant, il sortit dans une rue pompeuse du quartier des Ternes, creusée entre deux murailles d'immeubles bourgeois.

Ayant longé les grilles du parc Monceau, il s'arrêta devant un kiosque à journaux et parcourut les titres de la presse quotidienne. Un bandeau annonçait : « Mille artistes contre le racisme ». Rachid se gratta la tête. Il acheta *Paris Turf* pour jouer au quinté-plus (Cécile avait glissé deux cents francs dans sa poche) et il se dirigea vers le bistrot voisin. L'un de ses plaisirs consistait à s'installer à une terrasse, à commander un café qu'il buvait très lentement, à étudier les courses et à regarder la ville en songeant : « Je suis à Paris, j'ai un toit, une amie. Je dois obtenir ma carte de séjour, passer le permis de conduire, gagner de l'argent, m'inscrire à la salle de boxe — mais d'abord, trouver quelque chose à fumer... » Il ouvrit le journal, étudia longuement les pronostics, arrêta son choix sur Ève du Moulin — dont le nom lui plaisait — et sur quatre autres pouliches. Il joua puis reprit son chemin sur le boulevard de Courcelles, en direction de la place de Clichy.

Suivant la courbe du boulevard, Rachid observait avec intérêt la transformation progressive du quartier chic en quartier délabré. Autour du parc Monceau se dressaient des immeubles hautains; des voitures chères bien astiquées s'alignaient sur les trottoirs; une population majoritairement blonde partait tôt le matin, en costume-cravate, et s'activait encore le soir en jogging; on y croisait aussi des concierges portugaises et quelques émirs du Moyen-Orient. Après le métro Villiers, la rue devenait plus variée, égayée par les boutiques et les restaurants. Passé le métro Rome, Rachid découvrait le Sacré-Cœur perché sur la butte Montmartre et Paris se transformait rapidement. Un terre-plein jardiné s'allongeait entre les deux voies du boulevard des Batignolles; sur les bancs publics discutaient des petits vieux coiffés de casquettes. À l'approche de la place de Clichy, les parterres de fleurs se recouvraient de papiers gras et la « zone » commençait. Rachid apercevait les premiers stands de montres ou de sandwiches;

aux coins des rues, quelques individus se livraient aux trafics moins autorisés — haschisch, héroïne, cocaïne. À l'embranchement de l'avenue de Clichy, le trottoir se couvrait de prostituées de couleur ; quelques cadavres ambulants, ravagés par la drogue, mendiaient en sanglotant. Rachid arrivait dans son monde : ce bas monde qui grouillait jusqu'à Barbès-Rochechouart et qui, de Barbès, redescendait vers Belleville. Le Paris du Nord, des immigrés, des clandestins : une immense traînée d'Afrique au cœur de la ville.

Il descendit dans le métro sous la statue de la place de Clichy. Une voix enregistrée résonnait dans la station pour mettre en garde contre les pickpockets (la même tirade se répétait en anglais). Rachid grimpa dans une rame de la ligne n° 2, direction Nation. Il surnommait ce trajet la « ligne des pauvres ». Après les haltes touristiques de Pigalle et d'Anvers, le métro sortait de terre et poursuivait son chemin sur le viaduc aérien, transportant un paquet de femmes noires, de familles asiatiques chargées de sacs en plastique, de travailleurs nord-africains et d'enfants métis, écrasés les uns contre les autres. À chaque station, les portières s'ouvraient et l'amalgame humain expulsait quelques unités par un effet de brusque détente, puis le wagon se chargeait de nouvelles recrues, étranglées à leur tour par la fermeture automatique.

Rachid sortit à La Chapelle. Autour du métro, des Noirs en djellaba distribuaient des publicités pour les guérisseurs du quartier. Un pont métallique surplombait les voies ferrées de la gare du Nord ; les lignes de chemins de fer se perdaient à l'horizon sous les tours des années soixante-dix, jusqu'à l'infini des banlieues. Rachid poursuivit son chemin vers le quartier de la Goutte-d'Or. Tournant à l'angle de la rue de Tombouctou, il longea un hammam aux carrelages défraîchis puis se glissa dans des ruelles pleines de boutiques d'épices, de bistrots sombres pour vieux Arabes. Face aux hôtels murés, aux immeubles délabrés, aux fenêtres chargées de linge, poussaient des bâtiments avec crèches et parkings, habités par de jeunes couples maghrébins modernisés. Rachid continua vers le marché africain de la rue Myrha. Là, il entra dans un café, salua le patron et commanda une bière au zinc.

Le tenancier, un Kabyle d'une cinquantaine d'années, maintenait à flot cet établissement où les immigrés du quartier venaient jouer aux dominos. Dans l'arrière-salle se retrouvaient quelques petits dealers et, parfois, un Blanc de passage pour un bout de hasch. Rachid supposait que le patron était un indic et que la police tolérait le petit poisson afin de surveiller le plus gros. Ici, les jeunes clandestins ne se cachaient pas pour fumer des joints aux tables du fond, près du baby-foot. Quelques-uns venaient prendre un café, dans l'espoir de tirer une bouffée de « soleil ». Le juke-box diffusait sans interruption une musique raï aux vocalises de charmeur de serpents.

Un garçon d'une vingtaine d'années, en blouson de cuir, entra dans l'établissement. Il s'installa au bar près de Rachid, qui buvait sa bière sans détourner la tête. Le nouveau venu commanda un café, avala une gorgée. Après un silence, il s'adressa au patron en français mêlé d'algérien :

— Ahmed, explique-moi pourquoi un mec que tu connais ne se retourne même pas pour te dire bonjour ? C'est comme s'il te disait "fils de pute", non ? »

Le patron sourit. Rachid tourna lentement la tête vers son voisin et demanda, l'air sombre :

« Je t'ai dit "fils de pute", moi ?

— Non je posais une question à Ahmed. J'expliquais simplement : imagine qu'un mec que tu connais ne se retourne pas pour te dire bonjour. C'est comme s'il te traitait de "sale race", non ?

— Je t'ai traité de "sale race", moi ? »

Pendant quelques minutes, les deux voisins firent monter la fausse embrouille ; ils échangèrent tout un catalogue d'insultes détournées. Enfin, ils frappèrent leurs mains l'une contre l'autre en rigolant, avant d'aller s'asseoir derrière le babyfoot. L'Algérien commença à rouler un joint, tout en disant à Rachid :

« J'ai un bon plan si tu veux... »

Rachid se méfiait. Les « plans » de Djamel n'étaient jamais bons et se terminaient toujours par des embrouilles. Il se contenta de fumer avec lui le cône chargé de hasch jusqu'à ce qu'ils plongent dans un mélange d'ivresse et de torpeur, pulsé par la boîte à rythme.

La porte du bistrot s'ouvrit de nouveau, laissant entrer un adolescent de petite taille, au visage imberbe marqué par une balafre. Emmitouflé dans son *bombers*, Karim avait délaissé sa casquette de base-ball pour un bob de golfeur. Lunettes noires relevées sur le front, il affichait un sourire insolent de dandy suburbain. Il jeta un œil dans le café puis s'approcha de la table. Rachid expliqua à l'Algérien :

« *Asma'*, il faut que je parle avec mon cousin. On se retrouve plus tard. »

Djamel retourna au zinc, il mit une pièce dans le juke-box, commanda un autre café et alluma une cigarette en attendant une meilleure affaire. Karim frappa cordialement la main de son cousin et s'assit en face de lui. Quand Rachid, trois ans plus tôt, était arrivé en France, il avait trouvé asile chez son oncle, le père de Karim. Il logeait chez eux, à la cité des Saules, avant de commencer sa vie errante. Karim était alors un gamin ; il adorait son grand cousin. Aujourd'hui, il avait quinze ans, Rachid, vingt-deux, et ils s'éloignaient l'un de l'autre.

Depuis son arrivée en France, Rachid apprenait à distinguer la condition des Beurs de celle des clandestins. Le clandestin cherche un lieu où dormir, jour après jour ; il gagne peu d'argent, trouve de quoi manger ; il vit discrètement, évite la police ; il pense continuellement au « bled » où il retournera visiter sa famille, dès que possible. Rachid se voyait comme un chat de gouttière, sautant de toit en toit, sans jamais être chez lui. Au bout du chemin, deux possibilités : la carte de séjour ou l'expulsion. Les Beurs, comme Karim, ne connaissaient ni ces contraintes de survie ni cette mélancolie d'un pays lointain. Nés en France, ils vivaient ici chez eux. La police ne leur faisait pas peur, car ils connaissaient leurs droits. Persuadés que cette société leur devait quelque chose, ils s'estimaient négligés par le gouvernement, maltraités par les racistes. Ils revendiquaient leur part, au besoin par la violence. Quant aux Français, ils confondaient tout, lorsqu'ils évoquaient pêle-mêle les « immigrés », les « cités », les « Beurs », les « sans-papiers ».

Après un passage au lycée, dans une vague section gestion-communication, Karim avait quitté l'école comme beaucoup de ses copains. Ils descendaient en bagnole à Paris, vitres baissées, sono à fond. À la cité, leur bande pratiquait les trafics divers : haschisch et accessoirement armes (du moins c'est ce que prétendait Karim). Avec ses lunettes noires et sa montre en or, il semblait un petit maquereau débutant. Il frimait, se lançait dans la « grande vie », mais la conversation peinait à démarrer :

« Ça va ?

— Et toi, ça va ?

— Ouais ça va, et toi ? »

Et la famille ? Et les meufs ? Quelques détours

encore avant d'en venir au but. Karim arborait des signes extérieurs de richesse, il ne sortait plus sans un téléphone portable. Mais en même temps — c'était l'objet de leur rendez-vous — il repoussait, semaine après semaine, le paiement à Rachid d'une dette de trois cents francs : la somme qui lui revenait, après le dépouillement de cet étudiant au bord de la Seine. Rachid avait besoin d'argent; il détestait ces « frères » qui ne paient pas leur dû. Trop souvent, quand il trouvait un petit boulot chez un Arabe (car seuls les Arabes acceptaient de l'embaucher), l'employeur — abusant de sa situation de clandestin et jouant sur l'« esprit de famille » — en profitait pour le faire travailler à bas prix, avant de repousser indéfiniment le paiement du salaire. Rachid finissait par menacer son patron pour obtenir la moitié de la somme due; le clandestin n'avait aucun recours. À présent, son propre cousin jouait le même jeu :

« Les trois cents, expliqua d'emblée Karim, je te les donnerai samedi. J'ai pas de liquide aujourd'hui, mais je t'ai apporté autre chose. »

Il fouilla dans son *bombers* et sortit une Swatch qui valait trois cents francs dans le commerce, à peine cinquante au noir.

« Tu peux la revendre deux cents », mentit Karim.

Rachid le toisa, dédaigneux. Puis, songeant qu'il n'avait pas de montre, il prit la Swatch et débita sa conclusion préparée en chemin :

« L'argent, tu peux le garder. J'ai confiance en

toi, Karim. Mais le vol, le braquage, ça ne m'intéresse pas.

— Tu me fais la morale ?

— Non, pas la morale. Seulement, la frime, ça ne conduit à rien. Pourquoi tu ne cherches pas un boulot ?

— Pour être chômeur ? Faire un travail de con à six mille par mois et vivre comme un chien ? »

Il scruta son aîné d'un air toujours respectueux mais buté. Rachid voyait briller dans ses yeux une voiture de sport, des filles, du luxe. Son propre but n'était d'ailleurs pas très différent : rentrer au bled avec un permis, une voiture, des cadeaux, de l'argent. Mais Karim, avec son orgueil de petit délinquant, risquait surtout une balle ou la prison. Rachid insista :

« C'est ta vie, Karim, tu as le droit d'être bête ! »

L'autre semblait furieux. Il regardait habituellement son cousin comme un complice. Maintenant, Rachid lui faisait la morale et Karim reprit sèchement :

« Rachid, tu sais ce que dit Khaled ? Tu sais pourquoi on ne trouve pas de boulot, nous, les Reubeus ? »

Rachid le fixait, sans rien dire.

« Si on ne trouve pas de boulot, reprit Karim, c'est à cause des clandestins, mon frère ! Y a trop d'immigrés. Ils nous piquent les chantiers. Tu vois bien, à la télé : les clandestins par-ci, les clandestins par-là... Pendant ce temps-là, nous, les Reubeus, on nous laisse crever dans les cités ! Khaled, il dit que si on virait les clandestins, ça marcherait mieux. »

Rachid écoutait son cousin. Il avait peut-être raison mais il possédait tout : un passeport français, le droit aux allocations, aux études... Rachid, lui, n'avait rien que sa débrouille de chat de gouttière. Ils étaient cousins, ils étaient arabes, mais ils ne vivaient pas sur la même planète. Autant changer de sujet :

« Tu veux fumer ? »

Le visage de Karim se radoucit. Rachid appela son copain algérien et lui demanda d'en rouler un. Karim alla au juke-box choisir un morceau de rap. Puis les garçons commencèrent à fumer ensemble. Au bout d'un moment, voyant les deux autres qui se branchaient, Rachid se leva, prétextant un rendez-vous. Ils se frappèrent les mains, se congratulèrent comme de vieux musulmans, puis il sortit du bistrot.

Son esprit assommé par le joint se ranima au contact de l'air frais. Prochaine étape ? Aller rechercher son sac chez Jean-Robert. Qui voudrait baiser ? Mais il était gentil. Rachid avait connu Jean-Robert au Maroc, près d'un hôtel fréquenté par des homosexuels. Les adolescents du village gagnaient leur vie en rôdant dans les parages. Ils consignaient méthodiquement les adresses de touristes et leur envoyaient des cartes postales. Certains garçons promenaient Jean-Robert sur sa chaise roulante. Débarquant à Paris, Rachid avait eu l'idée de le rappeler... Aujourd'hui, il voulait reprendre son sac de sport pour le déposer chez Cécile. Ce qui allait inquiéter Jean-Robert, toujours angoissé à l'idée de perdre Rachid à cause d'une femme. Il faudrait donc le rassurer, lui laisser entendre qu'il viendrait de temps en temps.

Fort de ces résolutions, Rachid regagna le métro et disparut dans les profondeurs de Paris.

7

« Nos parents ont rêvé de la révolution. Aujourd'hui, c'est à nous de jouer ! » prononça Camille en soufflant sur sa tasse de thé.

L'idée révolutionnaire indisposait légèrement Martin, qui se contentait facilement de la perspective du « progrès ». Il trouvait la société cruelle, injuste ; mais le mot de « révolution » évoquait à son esprit une folie sanglante, un moment pénible. Il voyait une foule déferlant, saccageant, dénonçant ; des fanatiques guillotinant, réglant des comptes approximatifs. Au contraire, dans la bouche de Camille, la révolution désignait une heure héroïque, un sacrifice grandiose, une juste vengeance. Comme d'autres étudiants de sa génération, elle vouait une admiration romantique aux gauchistes de mai 1968, aux anciens maoïstes — auxquels elle ne reprochait pas d'avoir acclamé des régimes sanguinaires mais de s'être reconvertis dans les affaires. Elle appelait de ses vœux la « dictature du prolétariat » et citait Rimbaud comme un « poète révolutionnaire ». Un bandeau dans les cheveux, un pantalon à pattes d'éléphant, un pull troué à grosses mailles, l'étudiante à Sciences-po entretenait jusqu'au style vestimentaire des années soixante. Elle poursuivit, avec un sourire encourageant :

« Oublie ton petit confort, Martin ! La révolution ne sera pas une partie de plaisir. Le jour où les ouvriers prendront le pouvoir, il faudra bien que les fascistes paient. C'est pourquoi, dès aujourd'hui, chacun doit prendre des positions claires. »

« Les "fascistes", allons bon ! » songea Martin.

Camille commanda un paquet de cigarettes. Sous son bandeau, une chevelure très blonde entourait un visage pâle de jeune Nordique. Seule irrégularité dans cette beauté calme aux yeux bleus, un diamant transperçait sa narine gauche. Ce *piercing* avait provoqué, au début de l'année, une engueulade avec sa mère qui aurait préféré — à la rigueur — qu'elle se fasse percer le sourcil. Camille avait froidement traité cette femme de « fasciste ». Le même mot ponctuait sa conversation pour désigner non seulement l'extrême droite politique — les nostalgiques de Pétain ou de Mussolini qu'elle estimait innombrables — mais aussi les conservateurs bon teint, les progressistes modérés et toute personne qui lui déplaisait moralement ou physiquement. Elle avait un jour dénoncé comme « fasciste » une employée de banque qui la mettait en garde contre des découverts trop fréquents. Pour Camille, ce comportement rejoignait l'indifférence des fonctionnaires nazis sous le IIIe Reich. Ne pas voir le fascisme embusqué dans nos moindres actes, tel était, selon elle, le symptôme premier du fascisme.

Elle alluma une cigarette et regarda Martin gravement :

« La manif de demain permettra de délimiter les deux camps. D'un côté, les manifestants : ceux qui défilent pour soutenir les immigrés, les chômeurs. De l'autre côté, les absents : ceux qui cautionnent le pouvoir raciste et fasciste. »

Martin s'efforça de contre-attaquer :

« Camille, tu sais ce que je pense : la lutte contre le racisme, la liberté de se déplacer d'un pays à l'autre, tout cela est magnifique. Mais il existe une certaine réalité : des lois, des frontières, et beaucoup de gens y croient encore. Bon, le gouvernement français prétend que les immigrés doivent être en règle ; comme dans tous les pays. C'est peut-être regrettable mais, dire qu'il s'agit d'une mesure raciste et fasciste, franchement, je trouve cela exagéré. »

Ce discours modéré indigna Camille :

« Pourquoi veux-tu absolument justifier une mesure policière ? Une seule question se pose, une question de principe à chaque décision : la liberté ou la tyrannie ? Le bien ou le mal ? La dignité ou l'esclavage ? Quand Hitler a pris le pouvoir, il fallait savoir si on laissait faire, un point c'est tout ! »

Martin fut pris de vitesse par cette intrusion du

IIIe Reich dans le débat. Il devait choisir entre *Hitler* et *Camille*, qui s'emportait :

« La lutte des immigrés sera le détonateur pour une société sans classes !

— Tu n'as pas l'impression que nous y sommes depuis un moment, dans la société sans classes ? Une télé, un téléphone portable, une carte de crédit pour tout le monde ! Les immigrés veulent simplement adhérer, eux aussi, à cette immense société sans classes qui est le triomphe du capitalisme ! Tu devrais réfléchir aux bizarreries de notre époque, au lieu de répéter des formules toutes faites. »

Avant qu'il n'achève, Camille s'était levée. Elle ne souriait plus et ramassait nerveusement ses affaires :

« Tes propos sont vraiment hyper-réacs. Dommage, Martin, tu glisses sur une pente cynique. Et du cynisme au fascisme... »

Elle se leva et sortit du café, sans payer son thé ni ses cigarettes.

Martin, embêté, resta quelques instants immobiles. Au fond du bistrot passait un bon morceau de musique africaine. Salif Keita ? Regardant par la baie vitrée, il aperçut dans la rue une publicité pour des sous-vêtements féminins, recouverte d'affichettes du Front national. Sur le trottoir, un couple de garçons se tenait par la main. Camille, furieuse, faisait démarrer le scooter offert par sa mère. Était-ce la « société sans classes » ? Était-ce le « fascisme » ? Martin se rappela que Cécile s'était énervée la première, lorsqu'il employait ce mot à tout propos.

Depuis leur dîner raté, l'étudiant avait pris ses distances, mais les jupes serrées de la directrice d'Handilove l'excitaient toujours. Le soir même, il trouva sur son répondeur un message de Cécile qui demandait de ses nouvelles. « La froideur paie toujours », se félicita Martin, persuadé d'avoir agi en bon tacticien. Bondissant sur l'occasion, il composa le numéro de la jeune femme. Sans la laisser parler, il adopta un ton joyeux et lui proposa de prendre un verre, le lendemain à cinq heures. Il lui fixa rendez-vous dans un bistrot près du Châtelet. Il allait raccrocher quand Cécile précisa : « Sois gentil de me ramener l'appareil d'escalade pour handicapés. »

Le lendemain, à cinq heures moins le quart, Martin — muni d'un sac en plastique duquel dépassait le bras articulé — quittait la place Maubert et traversait à pied l'île de la Cité, en direction du Châtelet. La douceur persistait au cœur de l'hiver. Sur le parvis de Notre-Dame, des vagues de touristes contemplaient le portail du Jugement dernier. Quelques Beurs en vadrouille, venus par le RER, draguaient des étudiantes hollandaises ou américaines. Martin se rappela que la grande marche « antiraciste » se déroulait en ce moment même, place de la République. Songeant à sa conversation avec Camille, il éprouva un mélange de culpabilité (cette manifestation exprimait un sentiment généreux ; il aurait aimé défiler parmi les siens, parmi les *bons*) et de fierté (sa position était plus courageuse : l'immigration, la pauvreté, la violence dans les cités ; toute cette réalité exigeait une politique sérieuse, non des incantations contre le racisme).

Longeant les boutiques de souvenirs accolées à la cathédrale, Martin marchait vers l'Hôtel de Ville. Il allait traverser la Seine mais, à l'entrée du pont, une muraille métallique bloquait le passage vers la rive droite. Quelques gendarmes dirigeaient la circulation vers les rues voisines. Martin observa cette herse d'acier, encadrée par des véhicules militaires. Un instant, il se demanda si la manifestation n'avait pas dégénéré au point que l'armée prenne le contrôle des ponts. Avec un pincement au cœur, il songea que se déroulait peut-être, là- bas, une bataille héroïque pour la justice et la liberté. Mais les CRS se contentaient d'éconduire poliment les passants, expliquant que le pont serait fermé pour la durée de l'après-midi.

Pressé par son rendez-vous avec Cécile, embarrassé par l'appareil d'escalade, Martin continua vers le pont Notre-Dame, à la suite des passants, cyclistes, automobilistes… mais le pont Notre-Dame était fermé par un dispositif identique. Ils continuèrent jusqu'au Pont-au-Change ; mais la même barricade métallique condamnait également ce point de passage entre les deux rives. Quelques jeunes gens voulaient rejoindre la manifestation ; ils commençaient à protester contre ce « fascisme » qui leur barrait le chemin de la protestation « antifasciste ». Martin s'inquiétait car Cécile l'attendait au Châtelet, juste de l'autre côté de la Seine. Mais comment s'y rendre ? Il tenta une faible protestation auprès du chef des CRS. L'homme, impassible, lui conseilla de prendre le métro.

Le métro, bien sûr ! Martin traversa le marché aux fleurs ; il se précipita vers l'enseigne en style « nouille » du métropolitain ; mais la station Cité était fermée au public. Paris coupé en deux ! La tactique était simple : en fermant les principaux points d'accès, la police isolait les manifestants sur la rive droite, tandis que la rive gauche poursuivait son existence insouciante. L'heure du rendez-vous était passée depuis dix minutes et Martin ne voyait toujours pas comment franchir la Seine. Il se sentait pris dans un immense piège du *côté de l'ordre.* Or, cet enfermement dans le camp de la police ne faisait pas seulement capoter sa rencontre avec Cécile ; l'interdit éveillait un irrésistible besoin de rejoindre la manifestation. Martin entendait, là-bas, place de la République, cette rumeur fraternelle qui parcourait la ville. C'était le *sens du combat,* le Paris des Lumières et des Droits de l'homme. Des jeunes, des vieux, des enfants de toutes les races exprimaient leur désir de vivre ensemble. L'humanité humiliée marchait main dans la main, tandis que Martin — pour avoir trop recherché la subtilité — se trouvait relégué de l'autre côté du mur, dans le monde résidentiel, à l'ombre de la préfecture de police.

Manquant simultanément deux rendez-vous — l'un avec Cécile, l'autre avec l'Histoire —, il arpentait, désespéré, le quai aux Fleurs. Enfermé dans son ghetto de luxe, il observait l'autre rive, belle et inaccessible. Il revint vers le pont d'Arcole, se pencha sur le parapet au-dessus de la Seine. Soudain il aperçut, de l'autre côté du fleuve, un long sillage noir qui glissait lentement en brandissant des pancartes. Le défilé arrivait près de l'Hôtel de Ville.

Martin avait fixé rendez-vous à son amie•sans considérer que la manifestation aboutirait dans le même quartier, à la même heure. Cette perturbation le rassura : Cécile avait probablement rebroussé chemin, elle aussi. Mais le regard de l'étudiant restait fixé sur cette fabuleuse chenille humaine qui glissait, là-bas, de la rue Beaubourg vers la tour Saint-Jacques. Martin rêvait d'agréger ses propres pattes au corps de cette colossale bête humaine et fraternelle. Ce défilé l'aspirait de toute sa candeur. Que faisait-il ici, à l'abri d'un barrage militaire ? Plus les minutes passaient, plus Martin éprouvait le besoin de franchir la muraille pour rejoindre ses amis.

Au même moment, sur l'autre rive, Cécile tentait d'échapper à cette ignoble manifestation pour rentrer chez elle. En début d'après-midi, elle avait pris le métro jusqu'au Palais-Royal. Flânant par les magasins de la rue de Rivoli, elle avait acheté une paire de tennis avant de rejoindre à pied le Châtelet. Des cars de police, postés aux carrefours, bloquaient la circulation. Un gardien de la paix lui avait expliqué qu'une manifestation devait arriver dans le quartier vers cinq heures. Cécile avait attendu Martin quelques minutes, dans le café attenant au théâtre de la Ville. Puis, redoutant la foule, elle décida de rentrer chez elle. Trop tard. Un grondement de tam-tams envahissait la place ; les premières voitures munies de haut-parleurs approchaient en scandant leurs slogans rimés :

Des papiers...
pour tous les...
sans-papiers...

Sortant précipitamment sur le trottoir, Cécile se trouva bloquée par les premières rangées de manifestants. Des appareils photo crépitaient autour d'un agrégat d'hommes célèbres : artistes, philosophes engagés, responsables politiques ; la morale publique se tenait au coude à coude et marchait gravement, encadrée par le service d'ordre. Derrière eux, poussant les vedettes, une marée humaine progressait et répétait en chœur :

Première...
deuxième...
troisième génération !
Nous sommes tous...
des enfants d'immigrés !

Les manifestants entraient par groupes sur la place du Châtelet comme une série de tableaux vivants. Un quarteron de vieux élus communistes avançait dignement, écharpes tricolores et badges de Lénine sur la poitrine. Un bataillon de femmes africaines riaient en poussant des voitures d'enfants ; leurs poupons noirs, emmitouflés dans des anoraks fluo, dressaient des yeux étonnés au milieu de la foule. Un barbu, entraînant un groupe de travailleurs nord-africains, marchait à reculons en hurlant : « Des papiers ! », et sa troupe répondait : « Pour tous ! » Chômeurs vietnamiens, cadres français, étudiants en médecine, éducateurs de rue, militants gays, professeurs d'universités, intermittents du spectacle, tous les groupes s'accumulaient et se mélangeaient sur la place.

Cécile avait ressenti, à distance, une certaine sympathie pour les femmes enceintes réfugiées dans une église parisienne ; mais ce déferlement de revendications l'irritait au plus haut point. Elle voulut s'échapper vers la rive gauche... Une muraille métallique gardée par des CRS barrait l'accès du Pont-au-Change. Penchée sur la Seine, au-dessus du parapet, Cécile lorgnait au loin l'inaccessible île de la Cité où se poursuivait une vie civilisée (au même instant, à l'autre extrémité du pont, Martin lorgnait l'inaccessible rive droite, où se déroulait le combat héroïque). Elle retourna vers le Châtelet. Les vendeurs de merguez faisaient souffler un air chaud et gras. Des gamins s'agitaient entre les jambes des adultes. La foule devenait compacte. La jeune femme, furieuse — foulard Hermès autour du cou —, rageait d'être confondue avec les manifestants. Elle remontait le flux à contre-courant, pour atteindre une station de métro ouverte. Les corps parlaient, criaient. Devant le square Saint-Jacques, une grosse dame brandissait un ballon de baudruche rose en forme de main tendue, portant l'inscription : « Racisme je te hais ». Plus loin, un groupe de musiciens zaïrois jouait une biguine. Un écolo à longs cheveux, vêtu d'un pantalon à fleurs, s'avança vers Cécile en souriant. Séduit par son allure de bourgeoise soutenant la bonne cause, il la saisit par la taille et l'entraîna dans la danse, en agitant son bassin contre le sien. La directrice commerciale se laissait balancer avec une moue ironique sous les regards amusés. À quoi bon exprimer ses sentiments ? Ce n'étaient pas les étrangers qui la dégoûtaient. Chez certains immigrés — comme Rachid —, elle discernait une vitalité pleine d'avenir. Rien à voir avec la décadence de ces Français gauchistes, ce ramassis d'assistés sociaux. La foule arrivait encore. Enfin, Cécile échappa à cette horrible étreinte, pour disparaître dans une rue transversale. Tandis que le jour déclinait, elle s'engouffra dans le métro qui la déposa près du parc Monceau.

Martin avait regagné son appartement la mort dans l'âme. Il écouta un peu de musique puis ressortit sur le trottoir, hanté par la culpabilité. Après un long détour par la passerelle des Arts, il franchit enfin la Seine et rejoignit le Châtelet vers dix-neuf heures, alors que la manifestation commençait à se disperser. Il arrivait trop tard, *mais il arrivait.* Quelques lambeaux de foule en liesse traînaient encore et Martin éprouva un profond soulagement, comme s'il revenait enfin chez lui, au cœur du bien, du bon, du généreux.

Autour de la fontaine, les gens souriaient, heureux d'être entre eux. La manifestation se transformait en fête. Noirs, Blancs, Maghrébins, Asiatiques se tenaient main dans la main. Près du square Saint-Jacques, des paumés discutaient avec des ingénieurs, de vieilles gauchistes avec de jeunes instituteurs ; un groupe de lycéens français et maghrébins se resserrait autour d'un panneau : « Nés ensemble ». Ils semblaient heureux et Martin redevenait idéaliste ; il voyait, dans cet élan fraternel, le meilleur penchant de l'humanité. Il n'avait pas oublié cette attaque, l'autre soir, sur une berge de la Seine, quand d'autres garçons « nés ensemble » l'avaient dépouillé. Un instant, l'idéal s'était brisé ; mais Martin comprenait combien *la volonté d'aller plus loin ensemble* pouvait être exaltante. Il écoutait la pulsation chaude des tamtams en songeant : voici le monde de l'avenir. Puis de nouveau la vision s'obscurcissait; un petit diable lui pinçait l'oreille et il se demandait : « Ce *bel avenir* n'est-il pas une chimère ? Un rêve broyé jour après jour par la réalité ? » Un adolescent se dressa sur le rebord de la fontaine et hurla :

« ON EXISTE ! »

Il poussait ce cri comme Tarzan dans la forêt vierge. Comment exister dans ce monde méthodique, économique, inégal, inhumain, laborieux, destructeur ? Comment *exister* après les heures de travail, le temps d'un défilé pour la fraternité... Martin secoua sa tête pour chasser le petit diable.

La nuit tombait place du Châtelet. Après les derniers rangs de manifestants, une rangée de véhicules de nettoyage refermait le cortège. Un contingent de balayeurs immigrés — en uniformes vert fluo « Propreté de Paris » — ramassait les tracts et nettoyait les rues dans l'indifférence générale. À l'entrée du Pont-au-Change, une partie des manifestants faisait face à la police qui bloquait toujours le passage. Des groupuscules s'accumulaient dans la pénombre. L'ultra-gauche attaquait toujours en fin de manifestation. Plusieurs rangées de CRS s'abritaient derrière la herse métallique. Les casques et les matraques dépassaient au-dessus du rempart. Face à eux, les révolutionnaires étaient chaussés de tennis, serrés dans des blousons de cuir et des keffiehs palestiniens. Martin reconnut Camille et une bande de camarades en train de hurler : « Le fascisme ne passera pas. » Un garçon en tee-shirt à l'effigie de Karl Marx se précipita contre la muraille métallique pour balancer un violent coup de pied. Tous semblaient espérer une charge de la police, mais le mur de fer demeurait imperturbable. Une petite matraque s'agitait parfois en l'air, puis tout retombait. Enfin, les CRS lancèrent une grenade lacrymogène, un semblant de répression qui ranima la rêverie révolutionnaire. La fumée se répandit ; les enragés enroulèrent les foulards autour de leurs visages en toussotant : « Immigration totale, CRS-SS. » Mais la répression demeurait désespérément calme. Ni coups de fusil ni déportation en Sibérie. Seul le mur d'indifférence excitait le sentiment de persécution.

Martin finit par s'éloigner en longeant la Seine. Marchant vers l'Hôtel de Ville, il observa que des autocars de police encerclaient peu à peu le champ de bataille, tous feux éteints. Dans une rue obscure, un détachement d'hommes casqués se disposait en colonnes, tandis que le chef expliquait la manœuvre. Martin hésita à courir vers la troupe gauchiste, afin d'informer ses camarades qu'un bataillon s'apprêtait à les prendre au piège. Mais il entendit à nouveau la voix de Camille hurlant dans la nuit : « Immigration totale ! » Or, au même moment, il remarqua que le détachement de CRS était composé, pour une bonne moitié, de Noirs et de Maghrébins en uniformes.

Leur chef échangeait des informations avec ses supérieurs sur un talkie-walkie. Iraient-ils à la bataille ? N'iraient-ils pas ? Un véhicule de la Croix-Rouge patientait derrière le car de la police, afin de recueillir les blessés en cas d'affrontement. Les ordres imposant de rester calme, le bataillon finit par se mettre au repos — Blacks, Blancs, Beurs ôtant leurs casques pour bavarder — tandis qu'au loin le groupuscule antiraciste commençait à se lasser.

Abandonnant les deux armées, Martin s'éloigna sur le quai où traînaient encore quelques manifestants. Au milieu du trottoir, une femme de cinquante ans éructait : « Ils sont sans papiers et ils manifestent. On devrait les cueillir. On vit dans un pays de cons. » Un garçon enjoué tapa ironiquement sur son épaule pour l'encourager. Il rentrait chez lui avec une bande d'amis. Ils rigolaient, fumaient de l'herbe et chantonnaient dans le soir, heureux de cette bonne journée, étrangers à la guerre entre ceux qui croyaient faire la révolution et ceux qui jouaient à défendre l'ordre si peu menacé du monde.

Deuxième partie

1

Les yeux rivés sur son plan de conduite, le chauffeur quitta l'autoroute à l'échangeur de Bois-les-Bains. Il suivit la bretelle, passa sous d'énormes lignes à haute tension. Plusieurs panneaux, sur la droite, indiquaient l'entrée du parc « Pays de France » et l'accès aux aires de stationnement. Le parking P1 affichait complet. L'autocar finit par s'immobiliser sur le parking P2, où le conducteur commanda l'ouverture automatique des portières. Il faisait frais. Des banderoles flottaient autour des trois hôtels construits sur la zone de développement : l'hôtel Sport et Santé, l'hôtel Luxe et Volupté, l'hôtel Petit Budget. Au sommet de la colline se dressait un donjon en plastique marron orné d'un drapeau français, d'un drapeau américain et d'un drapeau de la CEE.

Un à un, les handicapés en fauteuils roulants descendirent par une plate-forme mobile et se regroupèrent sur le parking. Des hôtesses approchaient du véhicule. Jupes courtes, tee-shirts à l'enseigne de Pays de France, les jeunes femmes se dirigeaient vers leurs nouveaux pensionnaires en tendant la main. « Salut, je m'appelle Samanta, et vous ? » lança une grande brune aux lèvres pulpeuses, suivie par une rousse bien moulée : « Moi, c'est Deborah. Je serai votre assistante pendant toute la durée du séjour. » Elles écartaient avec bonne humeur les questions inquiètes des handicapés : « Pas de soucis, vos bagages partent directement à l'hôtel Sport et Santé. » Quand toute la colonie fut à terre, Samanta, Deborah et les autres hôtesses annoncèrent à leurs protégés « une première visite de détente ». Elles les entraînèrent vers le porche d'entrée du parc de loisirs, surmonté d'une inscription :

Pays de France
Un nouveau chemin vers la liberté

Au guichet, chaque arrivant reçut le forfait d'une demi-journée accroché par un collier autour de son cou, ainsi qu'une casquette de baseball à l'enseigne du parc d'attractions. « Et maintenant, bienvenue au Village de Maître Pathelin ! » s'écria joyeusement Deborah, tandis que la caravane de handicapés s'enfonçait, derrière elle, dans une ruelle du Moyen Âge récemment bâtie à flanc de colline. La chaussée montait légèrement mais les handicapés la gravissaient sans peine, grâce aux moteurs des fauteuils roulants — un modèle ultramoderne gracieusement prêté aux congressistes par un fabricant de matériel pour la durée du séjour.

Au Village de Maître Pathelin (premier « décor vivant » du parc Pays de France), la plupart des maisons se réduisaient à une façade, comme des décors de cinéma. Des deux côtés de la rue, mansardes et colombages plaqués sur des murs d'agglo évoquaient des échoppes d'artisans du XVe siècle. « Qui veut mes beaux vêtements ? » cria un tailleur en pourpoint et bonnet d'hermine, au passage des fauteuils roulants. « Qui veut mes belles clés ? » relança un serrurier en robe de bure, un anneau d'argent à l'oreille. À la fenêtre voisine, le menuisier Pierre Chrétien, compagnon du tour de France (en fait, un jeune chômeur de la ville voisine), arrachait les clous qu'il avait enfoncé le matin même. Sous l'appentis de son atelier, un haut-parleur diffusait des chants grégoriens, entrecoupés d'un refrain disco qui répétait :

Les serfs et les vilains
aiment boire du bon vin
chez Maître Pathelin...

Le long de la rue médiévale, quelques abris couverts (mais sans façades d'époque) offraient aux clients du parc la possibilité de se restaurer ou d'effectuer des achats. L'Auberge des Croisades pour boire un Coca ; la Rôtisserie de Fanchon et son burger géant « Sacré Charlemagne » ;

l'Antre de Robin des Bois et ses rayons de souvenirs éclairés par des tubes au néon. Déguisées en femmes de la Renaissance, les vendeuses portaient de lourdes robes en tissus synthétiques et des coiffes de tableaux flamands. Selon le règlement de Pays de France, elles appelaient leurs clients : « Mon bon sire » et « Gente damoiselle ». Leurs mains, ornées de breloques, faisaient défiler les codes-barres sur les caisses automatiques. Le prospectus du parc annonçait la création de trois cents emplois saisonniers.

Dès la descente du car, Jean-Robert avait compris que ce « séminaire » ne serait pas une partie de plaisir. Il demeurait toutefois relativement calme, se distrayait en testant les vitesses du fauteuil roulant à moteur et restait solidaire du groupe, qui semblait bien s'amuser. Son état nerveux commença seulement à se dégrader trois quarts d'heure plus tard, quand la colonne de paraplégiques quitta le Village de Maître Pathelin. Chargées de paquets et de confiseries, Deborah et Samanta guidèrent leurs protégés vers une allée bordée de pelouses, jusqu'au second « Décor de rêve et d'authenticité » (la formule figurait sur le prospectus) auquel donnait accès le forfait. À l'extrémité du chemin, un panneau orné de lettres multicolores annonçait : « La rivière des impressionnistes ».

Sur le débarcadère d'une guinguette, quatre hommes coiffés de chapeaux de paille, le torse moulé dans des tee-shirts Pays de France, attendaient les handicapés pour les extraire des fauteuils roulants et les installer dans des barques en plastique orange. Quelques instants plus tard, le canot de Jean-Robert s'élançait entre deux berges en ciment, dans un cours d'eau du robinet. La rive était jonchée d'arbustes chétifs, ici ou là d'un massif de tulipes. Les barques progressaient à distance fixe, accrochées par un rail au fond de l'eau. Glissant sur la rivière, dans une forte odeur de chlore, le gay handicapé bavardait avec sa voisine de promenade, une ex-accidentée de l'autoroute du Sud. Soudain, une voix suave d'hôtesse de l'air, diffusée par les haut-parleurs dissimulés dans les buissons, informa les navigateurs que Claude Monet se trouvait là, juste devant eux, « en train de peindre ses merveilleux tableaux à Giverny ». Dressant la tête, Jean-Robert aperçut sur la pelouse, à quelques mètres du bord, un animateur vêtu d'une redingote, une longue barbe blanche postiche autour du menton. Affairé devant son chevalet, le peintre tenait une palette ronde, jetait des coups de pinceau et parachevait une série de bouquets de fleurs qu'on pourrait acheter, tout à l'heure, à l'Antre de Robin des Bois. La voix du haut-parleur répéta : « Pays de France invite les jeunes artistes et leur offre de nombreux emplois. »

Pour terminer le circuit, la caravane s'engagea en fin d'après-midi dans le « Grand Canyon », aménagé sur le terrain d'une ancienne mine : *l'évasion américaine au cœur du patrimoine français.*

À peine Deborah et Samanta avaient-elle coiffé les handicapés de chapeaux de cow-boys qu'une douzaine d'Indiens — en contrats emploi-solidarité — encerclaient les fauteuils roulants. Les employés maquillés en Peaux-Rouges dansaient, brandissaient leurs haches et gloussaient en frappant leur main sur leur bouche. Dressé sur son fauteuil, Jacques — un spécialiste du droit des personnes à mobilité réduite — avait les yeux brillants de bonheur. Jean-Robert, lui, commençait à se demander quelle misérable idée avait traversé l'esprit des organisateurs, en choisissant ce parc d'attractions pour le séminaire annuel de l'Association des Victimes de l'Automobile. Ne restait-il pas, en France, suffisamment de vrais châteaux, de vieux hôtels et de jolies rivières ? Tandis que ses collègues suivaient la danse du sorcier, il parcourait rageusement le prospectus de présentation du parc : « Centre de loisirs européen » (une carte géographique situait l'emplacement de Pays de France à l'exacte intersection de Paris, Berlin, Londres et Milan), édifié à quelques kilomètres de Verdun, ce parc d'attractions voulait « apporter une réponse aux guerres et à toutes les horreurs du passé ».

La seconde journée commença mieux avec une conférence, à l'hôtel Sport et Santé, sur le thème de la conduite assistée. Après déjeuner, les congressistes grimpèrent dans l'autocar pour une excursion sur les champs de bataille de la Première Guerre mondiale. Ils traversèrent des kilomètres de tranchées, des hectares de croix de bois, d'immenses champs de mines où les corps s'étaient rompus ; ils visitèrent des infirmeries de campagne où l'on avait taillé, amputé... Le groupe de handicapés montrait un intérêt particulier. Sur le chemin du retour, Jean-Robert suscita l'attention générale en développant sa théorie :

« J'ai toujours pensé que nous étions, nous, accidentés de la route, l'équivalent moderne des "gueules cassées" de 14-18. Hier, on envoyait les soldats au casse-pipe "pour la France". Aujourd'hui, des milliers de gens meurent sur les routes "pour l'économie". L'automobile sert d'aiguillon à l'industrie ; chaque année, il faut que la production augmente, avec son cortège de morts et de blessés. Nos grands-pères étaient mutilés de la nation ; nous sommes les mutilés de la consommation. Victimes de la bonne cause, prioritaires dans les lieux publics, comme les anciens combattants, auxquels on réservait des places dans le métro. »

Le séminaire s'achevait par une soirée de gala. Les hommes avaient enfilé des vestons et des cravates ; les femmes des bijoux et des foulards. Tout ce beau monde en fauteuil se retrouva dans le hall de l'hôtel, pour un dîner « tex mex » avec ambiance musicale. Après le dessert, Samanta, Deborah et les assistantes entraînèrent une dernière fois les congressistes à travers les allées du parc de loisirs, jusqu'au Palais des Arts où se déroulait un show intitulé *L'Humour et l'Amour* : Jean-Robert n'en pouvait plus. Assis au fond de la salle, il commençait à fulminer devant cette succession de sketches comiques idiots, entrecoupés par des chansons sur la tendresse. Les refrains s'enchaînaient comme autant de variantes sur le thème principal : aimer une femme, aimer un homme, aimer un enfant, aimer ses parents... Pour terminer la première partie, les animateurs distribuèrent des ballons de baudruche aux spectateurs et les invitèrent à reprendre en chœur un « nouveau refrain européen » intitulé : *I love the Life, because I love the Love.*

Quelques semaines plus tard, Jean-Robert se remémorait cette soirée avec horreur. Tel un rescapé de l'enfer, il jeta un regard accablé à son interlocuteur, avant de poursuivre son récit :

« Imagine la scène : vingt handicapés tenant des ballons multicolores et gueulant qu'ils aiment la vie. J'étais tellement furieux de me trouver infantilisé que j'ai décidé de quitter le spectacle à l'entracte. Et là, j'ai commis une erreur car, malgré toutes les bonnes paroles, un hémiplégique ne fait pas ce qu'il veut. Mais je n'en pouvais plus d'être là, perdu dans le département de la Meuse, déporté dans ce parc de loisirs ! J'ai envoyé paître Samanta qui voulait me raccompagner à l'hôtel et j'ai quitté la salle sur mon fauteuil. Je voulais être seul, rentrer seul, dormir seul... »

Karim ne put s'empêcher de rigoler. Tout en racontant sa mésaventure, le handicapé était lui-même agité de rires spasmodiques. Vêtu d'un jean et d'un pull à col roulé, la barbe mal rasée, il portait son bras droit plâtré en écharpe. Karim, en tenue de groom, poussait sa chaise roulante à travers le hall n° 2 du parc des Expositions, porte de Versailles. Assis dans son fauteuil, Jean-Robert s'exprimait rageusement, sans prêter la moindre attention aux étalages de matériel médical exposé dans les allées. Il tournait seulement la tête vers Karim, qui lui semblait craquant avec son visage de petit dur balafré. Mais le gamin attendait la suite du récit :

« Donc, vous êtes retourné à l'hôtel ?

— Tu peux me tutoyer ! Disons que j'ai *voulu* retourner à l'hôtel. Mais j'avais oublié qu'entre la salle de spectacle et l'hôtel, le Village de Maître Pathelin glisse en pente douce. D'ailleurs, même en y pensant, je ne me serais pas inquiété : une entreprise spécialisée nous avait fourni un modèle ultraperfectionné de fauteuil roulant à moteur, à tester gracieusement pendant la durée du congrès. Je me sentais maître du monde avec cette mécanique "performante", sa "direction assistée", son système de freinage "révolutionnaire", son "contrôle informatique digitalisé". Soulagé de quitter ma compagnie d'infirmes, je me suis donc engagé en pleine nuit dans la rue déserte, illuminée par les enseignes des boutiques.

« Dès le début, la chaise a pris de la vitesse, sans éveiller sérieusement mon attention. Je glissais, comme un skieur, devant le magasin de farces et attrapes de la Fée Carabosse. Au passage de l'Auberge des Croisades j'ai constaté que le véhicule accélérait; mais cette sensation me grisait. J'étais dans la peau d'un champion de formule 1, rapide, svelte, libéré de mes pauvres jambes. J'ai voulu ralentir en actionnant le frein… Or le fauteuil n'a pas ralenti du tout. Il poursuivait son élan, filant comme une flèche devant la Confiserie d'Ysengrin. La rue descendait encore et je commençais à m'inquiéter. J'ai freiné plus fort, mais le frein n'avait aucune prise. Je révisais dans ma tête le mode d'emploi. Rien à faire : je perdais la maîtrise du fauteuil qui dégringolait, seul dans la nuit, entre la Rôtisserie de Fanchon et l'Antre de Robin des Bois. Affolé, je regardais devant moi, tâchant de conserver le contrôle de la direction. J'espérais que la pente allait cesser mais la rue tournait encore et il fallait négocier chaque virage, tout en entrevoyant la pire conclusion possible : mourir en chaise roulante, dans un parc de loisirs aux environs de Verdun… Soudain, horreur, j'ai vu devant moi la rue qui descendait tout droit jusqu'au guichet d'entrée, surmonté de l'enseigne : "Un nouveau chemin vers la liberté". Une barrière métallique fermait le passage. J'allais la heurter de plein fouet; avec l'élan de la chaise, je n'en réchapperais pas…

— Alors ?

— Alors, dans un réflexe de survie, j'ai obliqué sur la droite. J'ai quitté la grand-rue, heurté violemment le trottoir et grimpé sur le gazon conduisant à la rivière des impressionnistes. Les pneus ont perdu leur assise sur ce terrain irrégulier; mais c'était le seul moyen d'éviter la catastrophe. La chaise a cahoté quelques mètres dans l'herbe, avant de se renverser près de la Guinguette. Je me suis tout de même retrouvé écrasé sous le moteur avec un bras cassé, attendant pendant un quart d'heure — en geignant — que mes collègues quittent le spectacle et entendent mes cris. On m'a ramassé, conduit à l'hôpital... Ainsi, me voilà plâtré dans ce fauteuil roulant — un bon vieux fauteuil à traction manuelle; car les fauteuils à moteur, pour moi, c'est fini. Et j'attaque en justice la firme qui commercialise ces véhicules meurtriers. »

Karim semblait désolé. Mais de voir ce paralytique exhibant son bras cassé, tel un gage supplémentaire, produisait une impression curieusement burlesque : comme un handicap *absurde* ajouté au handicap *normal*; comme le malchanceux des films muets qui tombe dans l'égout après avoir reçu un pot de fleurs sur la tête. De bonne humeur, il poussait Jean-Robert dans l'immense hall de la porte de Versailles, le long des stands du salon des handicapés. À gauche de l'allée s'étendait un rayon de vaisselle pour tétraplégiques; une dame paralysée des bras et des jambes s'efforçait d'avaler une tasse de café. Un animateur l'encourageait. Jean-Robert posait des questions à Karim :

« Et toi, que fais-tu, le reste du temps? Où

habites-tu ? Ça t'intéresserait de me promener, de temps en temps, contre un peu d'argent ? »

Jean-Robert donna son téléphone au gamin, encore étonné de sa nouvelle situation : boy-scout au service des malheureux. Recruté pour la durée du salon, il éprouvait une bizarre satisfaction à accomplir ce petit boulot. Deux mille francs brut à la fin de la semaine : pas grand-chose, en comparaison de ses rêves de trafiquant d'armes. Mais après avoir vu son copain Khaled tué d'un coup de couteau, dans une embrouille de dealers, il avait pris peur et quitté la cité. Rachid l'avait hébergé dans sa chambre de bonne. Quelques jours plus tard, le clandestin offrait à son cousin français un job trouvé par Cécile : depuis dimanche, Karim poussait les visiteurs en fauteuil roulant, à travers les allées du hall n° 2. Il avait failli refuser, à cause de la tenue de groom : dès qu'il s'éloignait du stand des accompagnateurs, il déboutonnait sa veste, ôtait cette toque ridicule qui lui donnait l'impression d'être un esclave. Mais il voulait prouver à Rachid qu'il pouvait *assurer*.

Jean-Robert avait accroché son regard, en franchissant les portes du salon. Au comptoir des accompagnateurs, il avait adressé la parole au jeune Beur, aussitôt chargé de le piloter. Ayant achevé son récit, le martyr des fauteuils roulants demanda à Karim de se diriger vers le stand Handilove.

« Je connais ! s'exclama le gamin. C'est la directrice de cette boîte qui m'a engagé pour le salon. »

Cette fois-ci, Jean-Robert ne répondit rien. Une lueur noire passa dans ses yeux. Silencieux, replié sur son siège, il protégeait de son bras valide un petit sac en plastique. Ils débouchèrent en vue du stand L 23, où trônait la société Handilove.

2

L'autobus restait immobile au milieu du pont du Garigliano. Depuis un quart d'heure, le feu passait du rouge au vert et du vert au rouge, sans le moindre effet sur la circulation. Comme si le temps s'était arrêté, les autos adhéraient au bitume des quatre voies, pare-choc contre pare-choc. Les tôles brillaient au soleil, tel un étalage de jouets sous les projecteurs. Pourtant, un entomologiste — muni d'une loupe pour étudier cette colonne sans vie — aurait observé que des moteurs ronflaient sous les carrosseries, que des cœurs battaient sous la ferraille. Chaque véhicule exhalait une plainte discrète, un désir de continuer malgré l'air vicié par les centaines de pots d'échappement fumant obstinément pour ne pas s'éteindre. De temps à autre, un coup de klaxon déchirait le silence du boulevard de ceinture : ultime et aberrant espoir d'un conducteur, persuadé que cet embouteillage allait se résorber par la volonté individuelle. Une auto grondait, accélérait comme une folle pendant un quart de seconde, pour gagner quelques centimètres dans la tourmente. Puis rien ne bougeait plus et les carrosseries multicolores, au milieu desquelles émergeait le volume plus important de l'autobus, se figeaient de nouveau sous le soleil, comme une *installation* d'art contemporain.

À gauche du pont, Martin regardait la Seine s'enfoncer dans Paris vers la tour Eiffel et les quartiers historiques. En bordure du boulevard extérieur s'élevait le chantier d'un immense hôpital de verre ; des kilomètres de couloirs transparents, de chambres stériles et de salles d'opération informatisées édifiés à la périphérie urbaine, afin de libérer un ancien hospice encore *en usage* dans la capitale. « Toujours la même histoire, songeait Martin : sous prétexte de moderniser, on achève de tuer la ville et on réalise une opération immobilière fructueuse. Les jolis bâtiments de l'hôpital parisien, avec leurs jardins et leurs clochetons, se transformeront en musée ou en résidence pour cadres. » L'étudiant, seul dans l'autobus, rêvait à son grand projet : il imaginait que ce vieil édifice, au cœur de Paris, aurait pu accueillir des familles d'immigrés, rapatriées de la banlieue vers une ville idéalement *mélangée.* Face à la crapulerie politico-immobilière, Martin se sentait toujours l'âme d'un contestataire.

Ce mot le fit replonger dans ses idées noires... Certes, il se sentait l'âme d'un contestataire. Aujourd'hui, pourtant, Martin, se trouvait publiquement affublé du qualificatif ignomigneux de

« fasciste » ! Il ouvrit le magazine posé sur ses genoux et relut, pour la dixième fois, cet article paru le matin même : « Des fachos à Sciences-po ». Un titre obscène en haut de la page et une photo de groupuscule néo-nazi, illustrant un article dont se détachaient ces quelques lignes :

> ... On observe également, chez certains jeunes venus de la gauche, d'inquiétantes compromissions avec les thèses racistes. Martin, animateur d'un groupe de réflexion sur l'immigration à Sciences-po, vient d'être exclu par ses camarades. Camille — étudiante dans la même section — déplore la dérive d'un esprit porté aux positions ambiguës : « Martin a commencé par insister sur la montée de la violence chez les enfants d'immigrés. Il a ensuite refusé de participer à la manif antiraciste de février, comme si le racisme n'était pas le principal problème. Aujourd'hui, il refuse de soutenir les clandestins parce que — selon lui — il faut d'abord s'occuper des Beurs nés en France, massivement entraînés dans la délinquance (un cliché bien connu). Pour nous autres étudiants, conclut Camille, ce genre de distinguo conduit tout droit au fascisme. »

Martin, réveillé de bonne humeur, avait failli renverser son café. Il était resté stupéfait, foudroyé par cet hebdomadaire qu'il recevait chaque semaine à domicile. Son cœur avait cogné, sous l'effet d'une pression soudaine. Affolé, il avait fait dix fois le tour de l'appartement en relisant l'article. Il dégringolait dans le noir, au creux d'un cauchemar. Tout le monde allait lire ces lignes. Que penseraient ses amis, ses parents, après une telle accusation ? Dénoncé comme extrémiste par une jolie fille, apôtre de la générosité. Sans terrain pour se défendre, il éprouvait des bouffées de dégoût en songeant aux yeux purs de Camille, à son art de vous assassiner pour la bonne cause. Sa carrière publique paraissait compromise. Toute une génération — *sa génération* — le classerait désormais comme un pervers acoquiné avec les « fascistes ». Et, plus que jamais, ce terme lui semblait absurde, énorme, déplacé. Devait-il se justifier ? Expliquer qu'il *n'était pas nazi* ? Tant de sérieux dans l'énormité constituerait déjà une forme d'acquiescement. Regardant de nouveau le titre : « Des fachos à Sciences-po », il ressentit une cuisante douleur.

Le moteur du bus ronfla et le véhicule avança d'une dizaine de mètres, en direction de la porte de Versailles. Écrasé par les accusations, le corps du jeune homme sursauta brusquement dans un hoquet. Ce désagrément physique qui le harcelait depuis le petit déjeuner accentua le découragement de Martin, et même son envie de pleurer. Il tâcha de reprendre sa respiration. Contrairement aux informations du journal, il n'était pas « exclu » du groupe de réflexion de Sciences-po. Mais à force de se disputer avec Camille et ses amis — qui voyaient la politique comme une guerre du bien contre le mal et ne rêvaient que d'en découdre avec les « fascistes » —, il avait préféré s'éloigner. Mieux valait travailler au rapport sur l'immigration, commandé par l'énarque du parti socialiste. Désireux de proposer des « solutions », Martin développait ses idées fixes, notamment celle visant à établir, dans chaque immeuble, un pourcentage de logements sociaux pour les familles d'origine étrangère. Puisque le malaise grandissait, il devenait urgent de rapprocher les Français de toutes origines, de cesser de s'aveugler par des idées générales, de prendre les difficultés à bras-le-corps !

La semaine dernière, Martin avait rappelé son protecteur à la Cour des comptes pour lui remettre sa copie.

« Il n'est plus ici, avait répondu la standardiste.

— Comment ?

— Je vous dis qu'il n'appartient plus à la Cour des comptes. »

Pourquoi ce ton désagréable ? On ne « quitte » pas la Cour des comptes. Martin finit par obtenir l'un des collaborateurs de son énarque qui s'exprima d'une voix gênée :

« Vous n'êtes pas au courant ?

— Au courant de quoi ?

— Écoutez : il est inculpé, incarcéré… Ce qui ne signifie pas qu'il soit coupable.

— Mais… Quoi ? C'est grave ?

— Disons plutôt… invraisemblable. Une secte sataniste. D'après les enquêteurs, il était sur le point d'organiser un suicide collectif, afin d'envoyer cinquante disciples vers une autre galaxie.

Les journaux ont diffusé des photos : sacrifices d'animaux, rituels dans des caves bien gardées, incantations lucifériennes... J'ai du mal à y croire. Il m'a toujours semblé si mesuré, si normal. »

Martin revoyait cet homme affable au crâne chauve, ce social-démocrate prêt à lui ouvrir les portes du pouvoir. Il essayait de l'imaginer en prêtre de Satan.

Le bus piétinait. L'étudiant baissa de nouveau la tête vers le magazine. « Son » magazine : celui auquel il s'était abonné ; cet hebdo progressiste auquel il avait fini par s'identifier. « Des fachos à Sciences-po »... Par instants l'accablement le gagnait : et si les autres avaient raison ? Il se rappela la manifestation de février : tous ces groupes lyriques, sincères et fraternels. Pourquoi ne pas répondre à cet élan simple et généreux ? Il revoyait ces jeunes à cheveux longs qui criaient « nés ensemble » et cette image lui procurait une douce émotion. Puis il revit cette bonne femme sur le trottoir qui pestait : « On ferait mieux de les cueillir. On vit dans un pays de cons... » ; et curieusement il éprouva la même émotion. Comme si le mélange, tout entier, l'attendrissait ; ce théâtre de contradictions, d'efforts, de manques, de volontés et d'entraves, de possibles et d'impossibles. À présent, tous ces mots — progrès, gauche, banlieue, droite, délinquance, intégration, fascisme, exclusion — se brouillaient dans une immense salade. Une nouvelle contraction de l'œsophage et un hoquet bruyant le firent sursauter. Une larme coula sur sa joue.

Boulevard Victor, la circulation se détendait lentement. L'autobus descendit encore une vingtaine de mètres et stoppa à une station. Quelques passagers montèrent. Une jeune fille avança vers le fond du véhicule. Elle s'assit en face de Martin et son joli visage soulagea un instant le jeune homme de ses peines. Elle avait des cheveux noirs, un teint mat de Nord-Africaine ; mais son sac en bandoulière, son visage discrètement maquillé étaient plutôt d'une jeune Française dans le vent. Les yeux mouillés, l'étudiant se sentait gêné. Sa voisine souriait gentiment. Il chercha une phrase et dit, la voix triste :

« C'est ce qu'on appelle un embouteillage…

— Vous allez où ? demanda la fille aux yeux noirs.

— Porte de Versailles.

— Moi aussi… Peut-être qu'on ferait mieux d'y aller à pied.

— C'est ça : allons-y à pied. »

Les cinq répliques s'étaient enchaînées très naturellement, comme s'ils devaient faire ce bout de chemin ensemble. Ils se levèrent. Martin traînait d'une main son grand sac en plastique, contenant le matériel d'escalade oublié par Cécile. Il demanda au chauffeur de descendre ; la portière s'ouvrit et ils commencèrent à dévaler le boulevard côte à côte, sur le trottoir ensoleillé. D'où viens-tu ? Où vas-tu ? Que fais-tu ? Samira évoqua les quartiers nord de Marseille, sa famille, son bac technique, sa brouille avec ses frères, son départ pour vivre à Paris, la chambre qu'elle louait dans le XVe arrondissement. Martin énuméra Sciences-po, Saint-Germain-des-Prés, sa mésaventure au bord de la Seine, l'enchaînement de ses ennuis. Samira éclata de rire quand il expliqua qu'on le traitait de « fasciste ». Elle affirma qu'on ne pouvait imaginer une chose pareille et conclut que ses dénonciateurs se comportaient comme des « fascistes » en lui interdisant de penser. Elle rit de nouveau. Martin se sentait soulagé. Le hoquet était passé.

Tout en buvant ces paroles bienfaisantes, il imaginait déjà son retour à Sciences-po, au bras de sa nouvelle amie ; puis la réaction de ses parents quand il leur annoncerait qu'il vivait avec une « Beurette ». Il voyait la tête déconfite de Cécile (qui était raciste) et de Camille (qui le prenait pour un raciste) auxquelles il rendrait bientôt visite en compagnie d'une jeune Arabe. La gentillesse de Samira le mettait d'excellente humeur ; ils marchaient comme deux collégiens à la sortie de l'école, longeant les bâtiments de l'armée de l'air, avant d'arriver en vue des halls d'exposition de la porte de Versailles. Les voitures, toujours paralysées, couinaient et fumaient sur la chaussée. Samira s'arrêta et regarda Martin en disant :

« Bon, il faut que je file au bureau, je vais être en retard. Au revoir Martin. »

L'étudiant suggéra :

« Peut-être qu'on se reverra. Tu me laisses ton téléphone ? »

Ils sortirent des morceaux de papier et, sur le bout de leurs genoux, notèrent les numéros en promettant de se rappeler bientôt. Samira traversa le boulevard en courant. Martin tourna à droite, franchit les grilles du parc des Expositions, chercha le hall n° 2 où se déroulait le salon des handicapés ; il acheta un ticket et s'enfonça dans les allées, à la recherche du stand L 23.

Des chaises roulantes couraient autour de lui ; des corps piétinaient, appuyés sur des déambulateurs ; à chaque stand, des spécialistes en blouse blanche orientaient la clientèle parmi des prothèses de bras, de jambes, de mains, de cuisses et de pieds articulés. Martin se demanda s'il n'était pas absurde de revoir Cécile. Le petit flirt du boulevard Victor s'était noué si fraîchement, si simplement. Quelle névrose le poussait vers cette femme plus âgée que lui, éloignée de tout ce qu'il aimait ; cette femme qui, de surcroît, cherchait à l'éviter ? Après le rendez-vous raté de la manifestation, il l'avait rappelée. Elle semblait évasive. Il avait décidé de l'oublier mais, avant-hier, Cécile téléphonait sur un ton charmant :

« Martin, si tu veux, je serai toute la semaine au salon des handicapés, porte de Versailles, stand L 23. Passe me dire bonjour... »

Il croyait déjà à un regain de désir. Elle avait ajouté :

« Sois gentil, rapporte-moi le matériel d'escalade ! »

Ce salon servait à Cécile de point de rendez-vous avec les professionnels, les copains et tous ceux qu'elle n'avait pas le temps de voir habituellement. Martin, humilié, ne comptait pas s'y rendre. Mais ce matin, face aux ignominies du journal, il avait éprouvé un irrésistible besoin de régler ses comptes avec cette femme. Sous les crachats et les insultes, Cécile lui apparaissait comme la responsable — ou du moins le symbole — de la sinistre réputation qui l'entachait désormais. Atterré de se voir traité de raciste, il voulait à son tour fustiger Cécile : « Tu sais, ton mépris des immigrés, tes idées réactionnaires, ta passion pour l'ordre m'ont toujours dégoûté. Je ne pense pas que le monde s'élève avec des valeurs comme les tiennes. » Il voulait en finir méchamment, lui dire qu'il ne l'aimait pas, qu'il ne la trouvait pas si jolie, qu'il n'avait aucun besoin d'elle. Comme pour réparer l'injustice qui s'abattait sur lui, il assènerait à cette femme ses vérités, la traiterait à son tour de « fasciste », puis il repartirait aussi froidement. Depuis sa rencontre avec Samira, dans l'autobus, il avait envie d'ajouter : « Cécile, nous n'étions pas faits l'un pour l'autre ; j'ai rencontré une jeune Tunisienne merveilleuse. »

3

Dans le coin salon du stand L 23, Cécile devisait avec deux jeunes gens, autour d'une table basse. Le garçon — un foulard de soie autour du cou — sortait de son carton à dessin divers projets publicitaires et les tendait, anxieux, vers la directrice d'Handilove. Sa collègue — la commerciale — s'efforçait d'éclairer les concepts et de justifier les choix graphiques. La directrice d'Handilove restait de marbre. Elle saisissait les projets, les regardait un instant puis les posait sur la table. Au-delà du coin salon, sur toute la largeur du stand, s'alignaient une quinzaine de chaises roulantes exposées comme un bataillon militaire, sous ce glorieux fanion :

Abordez l'an 2000
en fauteuil aérodynamique

Ce véhicule dernier cri ressemblait à tous les fauteuils pour handicapés, sauf par son profil effilé, son luxueux siège plein cuir et son appareillage électronique entièrement digitalisé. Des écriteaux vantaient les qualités particulières du moteur : puissance, accélération, freinage. Les visiteurs s'approchaient, tâtaient les modèles d'exposition. Deux hommes vêtus en blanc proposaient aux handicapés de les installer sur ces véhicules pour une séance d'essai gratuite.

Assise dans le coin salon, en bordure de sa division blindée, Cécile allongeait et repliait ses longues jambes fines — comme de subtils appâts dans ce hall immense rempli de culs-de-jatte. Soudain, tandis que le créatif s'emberlificotait dans une explication fumeuse, la directrice d'Handilove jeta sèchement le dessin sur la pile ; elle regarda les deux jeunes gens dans les yeux. Vraiment, l'artistique était caricatural avec son foulard et ses manières inspirées ; quant à cette commerciale coincée, elle semblait avoir grandi dans un bénitier. Jamais Cécile n'aurait dû leur commander ce projet. Elle prononça :

« Non, ça ne va pas du tout ! Excusez-moi, je préfère arrêter là. Vous êtes certainement doués pour d'autres choses. Pour vendre des soutien-gorges, ou peut-être de la lessive. Mais pour les personnes à mobilité réduite, il faudrait que vous arriviez à penser autrement. C'est tout un apprentissage : vraiment, je n'ai pas le temps. Il faut que je vous quitte. Au revoir. »

Elle assena sa réplique avec un bon sourire, laissant les deux débutants face à leur nullité. Déjà, elle leur tournait le dos ; elle appelait une hôtesse et la priait de passer un peu de produit sur les chromes d'un fauteuil roulant qui ne brillait plus de tout son éclat. Puis elle se dirigea vers l'autre extrémité du stand, pour déplacer légèrement le panneau illustré qui résumait la *philosophie Handilove.* Au centre de ce montage photographique, un handicapé d'une cinquantaine d'années — bien coiffé, visiblement heureux sur sa chaise — se déplaçait dans une pièce entièrement automatisée : baignoire avec siège amovible, table chargée de mets appétissants, couverts articulés. La fenêtre s'ouvrait sur une campagne verdoyante ; on apercevait, sous les arbres, une jeune femme en fauteuil roulant — elle aussi très sereine — qui se dirigeait vers une voiture aménagée pour la conduite assistée. La photo portait en légende : « Une nouvelle vie dans une nature nouvelle. »

Tout autour, dans le hall n° 2, les clients se déplaçaient d'un stand à l'autre ; des gens valides pour la plupart : médecins, personnel médical, fournisseurs d'établissements spécialisés, kinésithérapeutes, familles de personnes handicapées. Un certain nombre d'utilisateurs venaient étudier eux-mêmes les techniques mises à leur disposition : cabinets d'aisance, appareils élévateurs verticaux, lève-personnes, installations téléphoniques, sites Internet, matériel de ski, de danse, de musculation, de natation. À côté du stand L 23, une affiche tricolore montrait des corps amputés en shorts et en maillots sportifs, suant sur des machines à roulettes lors des derniers jeux paralympiques. L'enjeu principal du salon restait toutefois, pour Cécile, le lancement de ce fauteuil roulant aérodynamique, plus rapide, plus maniable, plus cher, qu'elle espérait imposer sur le marché. Appuyée d'une main sur l'un de ces chevaux de course, le visage épanoui, la poitrine avantageuse, la jupe courte et serrée, elle souriait aux passants et semblait les aguicher. Un homme en fauteuil approchait du stand et la fixait du regard. Le bras emmailloté dans un plâtre, il était poussé par Karim — le petit cousin de Rachid. Cécile éprouvait un plaisir secret à voir ce voyou travailler pour elle ; elle se découvrait une âme d'éducateur des banlieues. Arrivé devant la jeune femme, le fauteuil s'arrêta. Le passager la dévisageait toujours silencieusement. Prenant sa voix la plus aimable, elle demanda :

« Souhaitez-vous essayer l'un de nos matériels, monsieur ? »

Une lueur de haine illumina les yeux du handicapé. Soudain, la voix de stentor de Jean-Robert résonna dans tout le stand :

« Madame, vous êtes un assassin ! »

Cécile sursauta. Que disait-il ? Dressé sur son siège, l'homme écumait, lançait des éclairs. Ses cheveux noirs rasés et sa barbe de trois jours lui donnaient une allure furieuse — même si ses jambes paralysées et son bras cassé ne le rendaient pas, physiquement, très menaçant. Cécile interrogea du regard Karim, qui commençait tout juste à comprendre. Elle essaya encore :

« Mais enfin, monsieur, pouvez-vous m'expliquer ? »

Jean-Robert répéta :

« Madame, vous êtes un assassin, un meurtrier, un monstre, une salope ! »

Il avait hurlé ce dernier mot, comme en proie à un accès de démence. Cécile, pour le coup, éclata de rire :

« Écoutez, monsieur, je vous en prie, expliquez-vous.

— Oui, je vais vous expliquer... ET JE VAIS EXPLIQUER À TOUT LE MONDE, dit-il en haussant la voix. Cette chaise roulante que vous lancez sur le marché, ce fauteuil aérodynamique — comme vous l'annoncez pompeusement —, ce n'est pas un fauteuil roulant mais une chaise de torture, un fauteuil de condamné à mort ! La mécanique ? Une saleté qui ne fonctionne pas ; le moteur s'emballe, le système de freinage s'enraye. L'informatique ? Un gadget prêt à se dérégler pour vous envoyer au supplice. Vous exposez impunément les handicapés, déjà victimes de graves perturbations, à des accidents atroces... »

Les passants commençaient à se masser autour de Jean-Robert qui s'agitait comme un tribun pour attirer la foule. À chaque phrase, la directrice commerciale pâlissait. Le discours antipublicitaire s'abattait sur son stand comme un fléau. Jean-Robert continuait :

« Regardez ce bras cassé, messieurs-dames ! À qui dois-je ce bras cassé ? À madame la responsable d'Handilove et à sa chaise aérodynamique. "Pour une nouvelle vie dans une nature nouvelle !" Ah je ris ! Je ris pour ne pas pleurer. Avec un peu moins de chance, je ne me serais pas seulement cassé le bras, je me serais tué, écrasé contre un mur, projeté dans le néant par cette poubelle ambulante...

— Écoutez-moi, monsieur. Croyez bien que je suis désolée de votre accident, certainement dû à une fausse manœuvre. Car jamais on ne m'a signalé un cas semblable. Ce fauteuil homologué fonctionne en Allemagne depuis un an...

— Ha, ha, ha ! vous êtes désolée. Mais vous serez plus désolée encore quand vous devrez fermer boutique. D'ailleurs, je me contrefous que vous soyez désolée. Et j'emmerde l'Allemagne. Et puis, dans votre intérêt, ne m'accusez pas de "fausse manœuvre" : c'est très immoral de charger une victime. Vous entendez, messieurs les témoins ? Cette salope m'accuse de fausse manœuvre ! L'affaire se réglera en dommages et intérêts. Interdiction de commerce. Et pour commencer, je ne bouge plus. »

Jean-Robert découvrit alors le sac en plastique qu'il tenait sous son bras cassé ; il en sortit une liasse de tracts qui relataient sa mésaventure et il commença à les distribuer, en hurlant à la cantonade :

« Sitting au stand L 23 contre la chaise roulante meurtrière ! »

Cécile implorait Karim du regard. Mais comment faire, au milieu de cette foule ? Éjecter un handicapé du salon des handicapés provoquerait un scandale. Incapable de prendre une telle responsabilité, la directrice commerciale d'Handilove appela le jeune Beur et lui souffla à l'oreille d'appeler le service de sécurité. Tandis que le gamin courait dans les allées, elle retourna au front et tenta de réagir, parmi les passants qui déchiffraient le tract :

« Monsieur, laissez-moi parler. Si vous avez une plainte, utilisez la voie légale. Mais je doute que vous aboutissiez. *Des milliers de clients se réjouissent de nos services* (elle criait à son tour). En attendant, je vous prierais de ne pas entraver le fonctionnement du salon, sans quoi je serais contrainte de faire appel au service de sécurité. »

Indifférent, Jean-Robert hurlait toujours :

« Venez essayer la chaise roulante meurtrière ! Grâce à son invention révolutionnaire, la firme Handilove transforme les paraplégiques en tétraplégiques ! »

Il agitait son bras cassé pour appuyer ses déclarations.

Ne voyant pas Karim revenir, Cécile, furieuse, se dirigea vers le téléphone afin d'alerter la direction du salon. Traversant le stand L 23, elle tomba nez à nez sur Martin. Il bloquait le passage et la regardait fixement, lui aussi. Il semblait idiot avec ses lunettes rondes, ses cheveux frisés et sa bouche à moitié ouverte. Sans rien dire, le bras tendu, il brandissait devant lui un sac en plastique d'où dépassait le bras articulé du matériel d'escalade pour handicapés. Cette irruption de l'amant collant en pleine bataille irrita davantage encore Cécile, tandis que l'étudiant prenait sa respiration et se lançait :

« Cécile, il faut que je te parle…

— Écoute Martin, ça me fait vraiment plaisir de te voir. Merci pour le matériel ; mais j'ai une affaire urgente à régler. »

L'étudiant commença à gémir :

« Oui, tu dis toujours ça. J'en ai marre, Cécile : tu n'aimes personne. Tu vis enfermée dans ton petit monde de droite, ton business, tes stratégies commerciales, ton univers confortable. Tu ne vois pas que la France est en plein changement, grâce à de nouvelles couleurs, grâce à de nouveaux peuples. Le métissage va sauver l'Europe… »

« Qu'est-ce qu'il raconte ? Il est complètement cinglé », songeait Cécile, pressée d'attraper son téléphone.

« Écoute, Martin, j'ai un problème grave avec un client. Tu l'entends ? Il est en train de hurler sur mon stand. »

Martin n'entendait rien. Il trépignait :

« Cécile tu es une réac, une fasciste, une raciste ! J'ai honte d'avoir été amoureux de toi.

— Mais qu'est-ce que tu serines ? s'impatienta la directrice d'Handilove. On a couché ensemble. On n'était pas fait l'un pour l'autre. Ce n'est pas si grave… »

Martin se redressa et prit une voix solennelle.

Saisissant la jeune femme par le bras, il la regarda d'un air tragique et prononça :

« Cécile, autant que tu le saches tout de suite : *je suis amoureux d'une Tunisienne.* »

Puis il répéta très fort cette phrase qui se mélangea, dans la rumeur du stand, avec les invectives de Jean-Robert : « Venez essayer la chaise roulante meurtrière... » ; « Je suis amoureux d'une Tunisienne... ». Cécile, éberluée, dévisagea Martin et tenta de lui dire :

« Eh bien, c'est parfait. Une Tunisienne ? Pourquoi pas. Je suis content pour toi !

— Non, tu mens, tu es raciste, je le sais. Les gens comme toi finissent par voter pour les fachos, parce qu'ils ont peur des immigrés, peur pour leur sécurité, peur pour leur petit confort... »

Et Martin se révoltait devant Cécile. Les yeux embués de larmes, il levait le poing en menaçant faiblement la jeune femme :

« Tu es une raciste ! »

Cécile, éberluée, se demandait si elle devait d'abord appeler le service de sécurité ou raisonner cet imbécile.

4

Rachid choisit ce moment précis pour apparaître à son tour sur le stand L 23. Il avait promis à Cécile de passer au salon dans l'après-midi. Il arrivait, souriant, après une journée passée à organiser son commerce de blue-jeans dont il espérait des revenus rapides, grâce aux dix mille francs prêtés par son amie. Harcelée par les invectives de Jean-Robert, prise à revers par les lamentations de Martin, Cécile poussa un soupir de soulagement en apercevant Rachid, vêtu du jogging qu'ils avaient acheté ensemble, le samedi précédent.

« Enfin, toi ! »

En pleine forme, le garçon n'avait pas fumé de toute la journée. Il s'approcha et embrassa discrètement la jeune femme au coin de la bouche. Cécile se serra contre lui comme une amoureuse. Dans son élan, Rachid avait marché sur le pied de l'étudiant à Sciences-po, toujours embarrassé par son grand sac en plastique. Martin manqua de s'étrangler :

« Mais... Cécile... »

Dans un sens, l'explication paraissait logique : Cécile avait un ami, Martin s'y attendait. Mais comment cette fille de droite, raciste, réac, pouvait-elle embrasser publiquement un Arabe et pétrir tendrement ses mains ? La directrice d'Handilove se tourna vers Martin en expliquant, un peu gênée mais pressée de conclure :

« Oui Martin, je ne savais pas comment te le dire : je vis avec Rachid depuis deux mois. »

Elle embrassa encore son amant dans le cou, d'une façon qui ne laissait guère de doute sur l'intensité de leurs amours. Rachid, à son tour, salua l'étudiant d'un œil hostile. Il devinait que ce personnage était sorti, dans le passé, avec Cécile. Une sorte de querelle animale les dressait silencieusement l'un contre l'autre. L'un semblait un jeune fauve plein d'élan, l'autre un pauvre chien mouillé — les yeux rougis par les déboires. Le regard de Rachid semblait prier Martin de s'esquiver sans trop attendre. Après quelques secondes, il leur sembla pourtant qu'ils s'étaient déjà rencontrés quelque part; mais impossible de se souvenir où ni quand. L'esprit de Martin s'embrumait de plus en plus. Il pensait frapper fort en révélant à Cécile sa flamme pour une Tunisienne. Non seulement son coup tombait dans le vide mais Martin se découvrait hors sujet, depuis le premier jour. La directrice d'Handilove s'éloignait déjà de lui, expliquant à Rachid :

«J'ai un problème avec un dingue... Un handicapé qui prétend avoir subi un grave accident, à cause de mon fauteuil roulant. Tu l'entends, là-bas : il me traite de meurtrière. »

Masqué par l'attroupement à l'extrémité du stand, Jean-Robert, en sueur, interpellait les passants et fredonnait nerveusement sa chansonnette :

« La directrice d'Handilove est une salope... »

Le service d'ordre n'arrivait pas. Rachid dit à Cécile :

« Attends, je vais arranger ça ! »

Bien décidé à calmer ce type ou à le sortir, il se dirigea vers l'allée, suivi par Cécile, elle-même suivie par Martin qui pataugeait et traînait son sac, dans un demi-coma. Comme Rachid s'approchait du groupe de badauds rassemblés autour du protestataire, il reconnut soudain Jean-Robert dont le bras s'agitait en distribuant des tracts. Il gueulait de plus belle :

« Venez essayer la chaise roulante meurtrière... »

Le bel amant eut un mouvement de recul. Le trouble-fête qui insultait publiquement sa femme était, précisément, ce gentil homo qui le protégeait depuis des années. Un instant, il se sentit paumé. Devant lui, Jean-Robert hurlait des insanités ; derrière lui se tenait la femme désireuse de lui offrir son amour, tout en le sortant de la galère. Cécile acceptait que Rachid disparaisse des jours entiers dans la ville ; elle savait qu'il avait d'autres amis, d'autres vies ; il ne s'en cachait pas ; cela faisait partie du contrat. Apprécierait-elle pour autant de partager son amant avec un gay handicapé ? Elle poussait son amoureux qui ne pouvait plus reculer. Redressant la tête, bousculant les corps, le Marocain afficha alors un large sourire en s'écriant :

« Jean-Robert ! »

Interrompant ses invectives, le handicapé se tourna vers Rachid. Aussitôt, son expression furibonde s'éclaira d'un sourire comme si, au cœur des ténèbres, Jean-Robert voyait reparaître l'ange qui donnait un sens à sa vie :

« Toi, ici… C'est incroyable ! »

La partie était risquée, mais Rachid n'avait pas le choix. Il se tourna vers Cécile, passa le bras autour de sa taille et s'approcha encore de Jean-Robert en lui annonçant :

« Jean-Robert, jc te présente ma fiancée… »

L'expression du paralysé se glaça. Puis elle se transforma en grimace douloureuse.

« Ta fiancée… Comment ta fiancée ? Cette femme… Elle ? Tu ne m'avais pas dit.

— Oui, nous allons peut-être nous marier. Cécile est une fille formidable. Je t'assure qu'elle n'est pour rien dans ce qui t'arrive. Vous allez vous arranger *à l'aimable* (il voulait dire "à l'amiable"). »

Puis, se tournant de nouveau vers Cécile :

« Ma chérie, je te présente Jean-Robert, mon meilleur ami. Je lui dois presque tout, franchement. Il m'a tellement aidé quand j'étais à la rue… »

La directrice d'Handilove adressa au handicapé un sourire gêné. Autour d'eux, les curieux commençaient à se disperser. Jean-Robert demeurait immobile. Sa main valide était retombée sur ses genoux. Vidé de toute énergie, il regardait fixement Rachid. Cécile commençait à ramasser les tracts de protestation étalés par terre. Le jeune homme, s'approchant de Jean-Robert, posa la main sur son épaule et lui murmura à l'oreille :

« Je te l'ai déjà dit, Jean-Robert : jamais je ne te laisserai tomber. Avec Cécile, on s'aime, on prend du plaisir ensemble. Elle me comprend, elle m'aide, mais je suis libre. Je passerai te voir la semaine prochaine. Maintenant, laisse-la tranquille. Rentre chez toi, je t'appellerai bientôt. »

Jean-Robert n'hésita pas une seconde. Pour un moment avec Rachid, il aurait sacrifié bien davantage. Il bredouilla :

« C'est ça, je vais rentrer... »

Au même moment, Karim apparaissait à l'extrémité de l'allée, accompagné par deux surveillants en uniforme. Cécile s'avança pour expliquer que tout était arrangé; elle remercia les vigiles.

Martin, demeuré en arrière, éprouva un nouveau choc en voyant approcher l'adolescent balafré, encadré par les baraques du service d'ordre. Au moment où Karim frappait sa main contre celle de son cousin, l'étudiant reconnut ses agresseurs, l'autre soir, au pied de la préfecture de police : le petit, avec sa cicatrice en travers de la joue; le grand, avec sa fine moustache et ses cheveux soignés. Les images se superposaient, sans aucun doute possible. D'ailleurs les deux garçons, attirés par les mêmes turbulences magnétiques, dressaient simultanément le regard vers Martin et reconnaissaient ce jeune en costume qui leur avait donné neuf cents francs, un soir, près de Saint-Michel. Rachid souffla à Karim :

« *Chouf!* Tu te souviens ? »

Karim murmura :

« Oh la la ! »

Rachid esquissa un sourire vers Martin. Il aurait voulu s'avancer pour lui parler, expliquer, s'excuser, le rembourser. Puis il se rappela qu'il ne faut jamais avouer.

L'étudiant, d'ailleurs, ne souhaitait ni se battre ni régler ses comptes. Il se découvrait au cœur d'une immense manipulation, d'un grand jeu anonyme dont il avait cru, un soir, à la brasserie Lipp, devenir l'un des organisateurs. Aujourd'hui, il prenait conscience d'être le plus dérisoire des manipulés. Rachid se retourna vers Cécile et murmura :

« Quelle histoire ! On va boire un verre pour se remettre ? »

Sonnée par la bataille, la jeune femme se laissa accrocher l'épaule et Rachid l'entraîna vers la brasserie du salon. Appelant Karim, il ajouta :

« Tu viens avec nous ? »

Le cousin suivit les deux amoureux, laissant Jean-Robert et Martin seuls sur le pavé. Un instant plus tard, Rachid et Cécile se retournaient vers le stand. Le Marocain lança au handicapé :

« Jean-Robert, je t'appelle ce soir… »

La directrice commerciale cria à Martin :

« Repasse un jour, cette semaine, on sera plus tranquilles… »

Puis ils disparurent dans la foule.

Jean-Robert et Martin demeuraient immobiles, chacun voguant dans un océan d'incertitude. Autour d'eux, les hôtesses remettaient de l'ordre et accueillaient de nouveaux clients. Après une ou deux longues minutes, Martin, toujours encombré par son sac en plastique, s'avança en titubant jusqu'à la chaise roulante de Jean-Robert et demanda, d'une voix automatique :

« Je peux vous ramener quelque part ? »

Sans détacher son regard du vide infini, le gay paralysé répondit de la même voix atone :

« Ah je veux bien, je vous remercie. Si vous pouviez me pousser jusqu'à la sortie. Je trouverai là-bas un bus spécial qui me reconduira chez moi.

— Ça ne vous ennuie pas de prendre ce sac avec vous ? »

Martin posa le matériel d'escalade entre les bras de Jean-Robert puis, sans rien dire, il commença à pousser le fauteuil roulant.

Là-bas, dans la foule, à la brasserie du salon, une femme d'affaires réussissait l'intégration d'un immigré clandestin. L'étudiant supposait qu'il lui restait beaucoup à apprendre. Il se sentait dans la peau d'un cocu de gauche, poussant un autre cocu vers leur plat destin.

Ils franchirent les portes du hall n° 2. Dehors,

le soleil répandait des odeurs de carburant. Comme ils approchaient des bus spéciaux, Martin et Jean-Robert furent arrêtés par un couple bizarre qui distribuait des tracts. L'homme, de petite taille, avait les cheveux coupés en brosse et portait une paire de lunettes. La femme, en jupe bleu marine, leur tendit un prospectus qui commençait par : « La France aux Français… »

Martin considéra ces deux gnomes avec une expression furieuse. Indigné, cherchant une phrase, il se dressa devant l'homme en hurlant :

« Je suis amoureux d'une Tunisienne. »

Le couple sursauta, puis se réfugia peureusement vers d'autres clients.

« Un peu de décence, quand même », lança Martin, en se tournant vers Jean-Robert qui soupirait, mélancolique :

« Moi, je suis amoureux d'un Marocain… »

Un employé coiffé d'une casquette s'approchait pour charger le handicapé dans le bus. Alors, seulement, Martin et Jean-Robert se regardèrent dans les yeux et se tendirent la main en se souhaitant :

« Bon courage ! »

Puis chacun reprit son chemin.

Composition Bussière
et impression Bussière Camedan Imprimeries
à Saint-Amand (Cher), le 15 décembre 1998.
Dépôt légal : décembre 1998.
Numéro d'imprimeur : 2435-985138/1.
ISBN 2-07-075447-2. Imprimé en France.

88588